ACTIVITIES MANUAL

ACTIVITIES MANUAL

Third Edition

FUENTES

Workbook

Lab Manual

Scripts of Textbook Listening Selections

Debbie Rusch
Boston College

Marcela Domínguez
Pepperdine University

Lucía Caycedo Garner
University of Wisconsin—Madison, Emerita

Houghton Mifflin Company   Boston   New York

Publisher: Rolando Hernández
Sponsoring Editor: Van Strength
Senior Development Editor: Sandra Guadano
Assistant Editor: Erin Kern
Project Editor: Harriet C. Dishman
Manufacturing Manager: Karen Banks
Associate Marketing Manager: Claudia Martínez

Credits

Page 77: Bob Kramer/Index Stock; page 147: Used by permission of Ford Motor; page 148: Reprinted by permission of Ayuda en Acción; page 148: ©Apple Computer, Inc.; page 150: *Hasta la muerte,* Francisco Goya y Lucientes, Spanish, 1746–1828. Hasta la muerte. (Until Death): Plate 55 from the series "Los Caprichos," Drawn and etched, 1797–1798; published 1799. Etching, burnished aquatint, and drypoint: first edition; Platemark: 22 x 15.4 cm (8-11/16 x 6-1/16 in.). Sheet: 30.3 x 19.7 cm (11-15/16 x 7-3/4 in.) Museum of Fine Arts, Boston; page 156: *Paisaje de Pátzcuaro en blanco y negro,* Landscape of Pátzcuaro in Black and White 1998 by Elena Climent. Photo courtesy of Mary-Anne Martin/Fine Art; page 256: *Las meninas,* Diego Velázquez, Scala/Art Resource; page 257: *Las meninas 1989,* collection of the artist, Ramiro Arango.

Illustrations

Anna Veltfort: pages 58, 78 (upper left), 94, 142, 218, 230 (items 1, 2, 4-7)

Tim Jones: pages 43, 44, 75, 78, 79, 230 (items 3, 8)

Map

Patty Isaacs/Parrot Graphics: page 214

Printed in the U.S.A.

ISBN: 0-618-46525-1

1 2 3 4 5 6 7 8 9 - VHO - 08 07 06 05 04

CONTENTS

TO THE STUDENT

The *Fuentes* Activities Manual is organized into three parts:

- Workbook
- Lab Manual
- Scripts of Textbook Listening Selections

Workbook

The Workbook activities are designed to reinforce the material presented in *Fuentes: Conversación y gramática.* These activities will help you develop your language ability and your writing skills.

Each chapter of the Workbook follows the order of presentation of material in your text. Contextualized activities progress from controlled to open-ended ones in order to allow you to gain the necessary practice with structures and vocabulary before expressing your own opinions, wants, and needs. As you progress through each text chapter, you should do the related Workbook activities as they are assigned by your instructor.

Student annotations precede some activities to give you additional information or to help you better focus your responses. Specific tips dealing with grammar topics are also provided to assist you.

You will find the answers to the Workbook activities in the separate Workbook Answer Key.

Here are some recommendations for making the most of the Workbook.

- Do the activities *while* studying each chapter. Do not wait until the day before the quiz or the day before you have to hand it in. Working little by little—every day—will increase your knowledge of the Spanish language, improve your retention of the material studied, and probably improve your final grade in the course.

- Before doing the activities, review the vocabulary and grammar sections in the text.

- Do the exercises with the text closed.

- Say what you have learned to say, especially when doing open-ended activities. Be creative, but try not to overstep your linguistic boundaries. Keep in mind the chapter's focus at all times.

- Try to use bilingual dictionaries sparingly.

- Check your answers in the Workbook Answer Key after doing each activity. When the answers are specific, mark all the incorrect ones in a different color ink. When the Answer Key says *Answers will vary* and then offers a tip, such as *Check adjective-noun agreement,* make sure that you do what the tip tells you to do. In some instances the Answer Key merely says *Answers will vary* and offers no tips for correction. In these cases, you are normally asked to state an opinion or give a preference. Always double-check all open-ended answers, applying what you have learned.

- Remember that you will make mistakes and that this is part of the learning process. It is important to check incorrect responses against grammar explanations and vocabulary lists. Make notes to yourself in the margin to use as study aids. After having gone through this process, if there is something you still do not understand, ask your instructor for a clarification.

- Remember that it is more important to know why an answer is correct than to have merely guessed the correct response.

- Use the notes you have written in the margins to help prepare for exams and quizzes.

- If you feel you need additional work with a particular portion of a chapter, do the corresponding exercises on the CD-ROM or on the *Fuentes* Website.

Lab Manual and Textbook Listening Selections

The activities in the Lab Manual are designed to help improve your pronunciation and listening skills. The Lab Manual activities should be done near the end of each textbook chapter and before any exams or quizzes. Each chapter contains four parts.

- A pronunciation section is provided in the preliminary chapter and in chapters 1–6 of the lab program. It contains an explanation of the sounds and rhythm of Spanish, followed by pronunciation exercises.

- A comprehension section presents numerous listening activities. As you listen to these recordings, you will be given a specific task to perform (for example, complete a telephone message as you hear the conversation).

- The final activity in each chapter is usually a semi-scripted conversation between two native speakers, who were given a topic to discuss and a few guiding ideas. These conversations have been only minimally edited to give you the opportunity to hear spontaneous language.

- Each Lab Manual chapter ends with a recording of the corresponding chapter listening selection from *Fuentes: Conversación y gramática.* The scripts for these selections follow the Lab Manual portion of this Activities Manual. You may want to look at the script as you listen to the chapter selection. This will help you to review for quizzes and exams.

Listening strategies are explained and practiced in most chapters. By learning about and implementing these strategies, you will improve your ability to comprehend the Spanish language over the course of the year.

Here are some suggestions to consider when doing the Lab Manual activities.

- While doing the pronunciation activities, listen carefully, repeat accurately, and speak up.

- Read all directions and items before doing the listening comprehension activities. This will help you focus on the task at hand.

- Pay specific attention to the setting and type of spoken language (for example, an announcement in a store, a radio newscast, or a conversation between two coworkers).

- Before doing some activities, you may be asked to make a prediction. The purpose of these activities is to put you in the proper mind-set to better comprehend. This is an important step and should be done with care.

- Do not be concerned with understanding every word; your goal should be simply to do the task that is asked of you in the activity.

- Replay the recording as many times as needed.

- Your instructor may choose to correct these activities or provide you with an answer key. In any case, after correcting your work, listen to the recording again to hear anything you may have missed.

Conclusion

Through conscientious use of the Workbook and Lab Manual, you should make good progress in your study of Spanish. If you need additional practice, do the CD-ROM and the *Fuentes* Website exercises, which can provide a solid review before exams or quizzes.

Workbook

Capítulo preliminar

La vida universitaria

Actividad 1: La lógica. Lee las oraciones de la columna A y busca una respuesta lógica en la columna B.

A

1. _____ Me llamo Andrés, ¿y tú?

2. _____ ¿Cuál es tu especialización?

3. _____ ¿Cuál es tu apellido?

4. _____ ¿Cuántos años tienes?

5. _____ ¿En qué año de la universidad estás?

B

a. Rodríguez.

b. 22.

c. Illinois.

d. Antonio.

e. Tercero.

f. Ingeniería.

Actividad 2: Datos personales. Contesta estas preguntas con oraciones completas.

1. ¿Cómo te llamas? _____

2. ¿Cuál es tu apellido? _____

3. ¿Cuántos años tienes? _____

4. ¿De dónde eres? _____

5. ¿Estás en primer, segundo, tercer o cuarto año de la universidad? _____

_____

Actividad 3: Preguntas. Lee esta conversación entre Ana, una estudiante, y el Sr. Peña, su nuevo profesor. Después, llena los espacios con las siguientes palabras: **cómo, cuál, cuáles, cuándo, cuántas, cuántos, de dónde, dónde, por qué, qué** o **quién.**

Sr. Peña: Soy el Sr. Peña. ¿_____ te llamas?

Ana: Ana. Ana Maldonado.

Sr. Peña: Encantado.

Ana: Igualmente.

Sr. Peña: ¿_____ eres?

Ana: De Cali.

Sr. Peña: Pues yo también. ¿Y_____ es tu segundo apellido?

Ana: Palacios.

Sr. Peña: ¿_____ vive tu familia?

Ana: En la calle 8, número 253. ¿_____ quiere saber?

Sr. Peña: Es una casa grande con muchas flores en las ventanas y tu hermano se llama Rogelio, ¿no?

Ana: ¿_____ sabe Ud. todo eso?

Sr. Peña: Porque mi familia vive en el número 255.

Ana: ¡No me diga!

Actividad 4: Las materias. Usa la siguiente lista de materias para clasificarlas según las indicaciones.

administración	cálculo	estudios de la	japonés	química
de empresas	ciencias	mujer	latín	relaciones
alemán	políticas	estudios étnicos	lingüística	públicas
anatomía	cine	filosofía	literatura	religión
antropología	computación	geometría	mercadeo	sociología
arqueología	comunicaciones	analítica	música	teatro
arte	contabilidad	historia	oratoria	trigonometría
astronomía	economía	ingeniería	psicología	zoología

Humanidades	**Ciencias**	**Negocios**
_____	_____	_____
_____	_____	_____
_____	_____	_____
_____	_____	_____

Actividad 5: Tus preferencias. Usa la lista de materias de la Actividad 4 para contestar estas preguntas.

1. ¿Qué materias tienes este semestre? _____

    _____

2. ¿Cuál es tu especialización? _____

    _____

3. ¿Cuál es la materia más difícil para ti? _____

    _____

4. ¿Cuál es la materia más fácil para ti? _____

    _____

5. ¿Cuál es la especialización más fácil de tu universidad? _____

    _____

6. ¿Cuál es la especialización más popular de tu universidad? _____

    _____

Actividad 6: Las facultades. Asocia las facultades de la columna A con las materias que ofrecen de la columna B. Puede haber más de una posibilidad para cada facultad.

A. Facultades

1. _____ Filosofía y Letras
2. _____ Derecho (*Law*)
3. _____ Medicina
4. _____ Negocios
5. _____ Biología

B. Materias

a. sociología
b. contabilidad
c. francés
d. relaciones públicas
e. zoología
f. anatomía
g. mercadeo
h. ciencias políticas
i. computación
j. estudios étnicos

Actividad 7: Los horarios. Completa los horarios de dos estudiantes típicos. Mira la especialización de cada una y decide qué clases deben tomar. Escribe seis materias para cada estudiante (puedes usar la lista de la Actividad 4).

Víctor León, estudiante de medicina

Hora	lunes	martes	miércoles	jueves	viernes
8:30–9:30					
9:45–10:45					
11:00–12:00					
12:15–1:15					
1:30–2:30					
2:45–3:45					
4:00–5:00					

Cruz Lerma, estudiante de economía

Hora	lunes	martes	miércoles	jueves	viernes
8:30–9:30					
9:45–10:45					
11:00–12:00					
12:15–1:15					
1:30–2:30					
2:45–3:45					
4:00–5:00					

Actividad 8: El horario de Beatriz. Lee el horario de Beatriz y contesta las preguntas de la página siguiente con oraciones completas. Escribe la hora en palabras.

Hora	lunes	martes	miércoles	jueves	viernes
8:30–9:30	mercadeo		mercadeo		mercadeo
9:45–10:45	cálculo	inglés	cálculo	inglés	cálculo
11:00–12:00	economía	inglés	economía	inglés	economía
12:15–1:15	relaciones públicas	computación	relaciones públicas	computación	relaciones públicas
1:30–2:30					
2:45–3:45					
4:00–5:00	Clase de karate en el club de Pedro				

1. ¿A qué hora es la primera clase de Beatriz los lunes? _____
_____

2. ¿A qué hora es su primera clase los martes y jueves? _____
_____

3. ¿A qué hora termina ella las clases en la facultad? _____
_____

4. ¿Qué clase tiene en el club de Pedro y a qué hora es? _____
_____

5. ¿Estudia Beatriz medicina, negocios, derecho u otra cosa? _____
_____

6. ¿Cuándo puede almorzar? _____
_____

Actividad 9: Las preferencias.

Parte A: Completa estas frases con las palabras necesarias, por ejemplo: **A él** _le_ .

1. A _____ te

2. _____ _____ me

3. A Juan y _____ mí _____

4. _____ Marta _____

5. _____ Uds. _____

6. _____ Ud. _____

7. _____ Rafael y _____ _____ nos

8. _____ Pedro y _____ Ana _____

9. _____ _____ les

10. _____ Sr. Ramírez y _____ _____
Sra. Bert _____

Parte B: Termina estas frases con la forma correcta del verbo indicado, por ejemplo: _gustan_
las clases (gustar)

1. _____ los profesores de esta universidad (caer mal)

2. _____ el laboratorio de computadoras (fascinar)

3. _____ hablar de política (molestar)

4. _____ los trabajos escritos (encantar)

5. _____ hacer investigación en la biblioteca (interesar)

6. _____ los problemas sociales (importar)

7. _____ ir a todos los partidos de fútbol (fascinar)

Parte C: Usando una frase de la Parte A y una frase de la Parte B, forma cinco oraciones diferentes.

1. _____
2. _____
3. _____
4. _____
5. _____

Actividad 10: Tus preferencias. Usa la forma correcta de los siguientes verbos para indicar tus preferencias: **fascinar, encantar, gustar, caer bien/mal, no importar, interesar, molestar.**

1. _____ leer novelas.

2. _____ usar computadoras IBM.

3. _____ mi clase de español este semestre.

4. _____ mis profesores este semestre.

5. _____ tener estudiantes graduados como profesores.

6. _____ las clases con mucha participación oral.

7. _____ hacer experimentos en las clases de ciencia.

8. _____ tener exámenes parciales con frecuencia en vez de un solo examen al final del curso.

9. _____ los exámenes orales.

Actividad 11: Clasifica. Usa esta lista de adjetivos para completar las oraciones que siguen. Es posible usar el mismo adjetivo varias veces.

aburrido/a	cerrado/a	divertido/a	honrado/a	lento/a
activo/a	cómico/a	encantador/a	ingenioso/a	liberal
admirable	conservador/a	enorme	insoportable	rígido/a
astuto/a	corto/a	estricto/a	intelectual	sabio/a
atento/a	creativo/a	fácil	interesante	sensato/a
brillante	creído/a	grande	justo/a	sensible
capaz	difícil	hiperactivo/a	largo/a	tranquilo/a

1. Los profesores excelentes son _____ , _____ y

   _____ y no son _____ .

2. Una clase interesante es _____ , _____ y

   _____ y no es _____ .

3. Un amigo bueno es _____ , _____ y

_____ y no es _____ .

4. Una hermana fantástica es _____ , _____ y

_____ y no es _____ .

5. Unos padres buenos son _____ , _____ y

_____ y no son _____ .

Actividad 12: Tu futuro inmediato. Contesta estas preguntas sobre tu futuro. Escribe oraciones completas.

1. ¿Vas a cambiar tu horario este semestre o te gusta tu horario?

_____

2. ¿Qué materias vas a tomar el semestre que viene?

_____

_____

3. ¿Qué profesor/a va a dar los exámenes más difíciles este semestre?

_____

4. ¿En cuáles de tus clases vas a recibir buena nota este semestre?

_____

5. ¿Cuándo vas a tener tu primer examen este semestre y en qué clase?

_____

_____

NOTE: *In this workbook you will be asked to write about personal topics, such as your family, friends, feelings, and opinions. Feel free to express yourself truthfully or to make up responses. At no time are you obligated to actually tell the truth. The point is to create with language and to improve your communication skills.*

Actividad 13: Minipárrafos. Completa estos párrafos sobre tus gustos de una forma lógica.

Me encanta mi clase de _____ porque _____

_____

_____

_____

(Marca "mal" o "bien" y "profesor" o "profesora" antes de escribir el siguiente párrafo.)

Me cae $\begin{Bmatrix} bien \\ mal \end{Bmatrix}$ mi $\begin{Bmatrix} profesora \\ profesor \end{Bmatrix}$ de _____ porque _____

_____

_____

_____

Me molestan las personas que son _____

_____ porque _____

_____

_____

_____

Actividad 14: Tu horario. Completa este horario con tus clases y después contesta las preguntas que siguen.

MI HORARIO DE CLASES

Hora	lunes	martes	miércoles	jueves	viernes

1. ¿Cuáles de tus clases te encantan? _____

_____

2. ¿Cuál es tu clase más fácil? _____

_____

3. ¿Cuál es tu clase más difícil? _____

_____

4. ¿Te caen bien tus profesores? _____

_____

5. ¿Cuál es tu clase más grande? ¿Cuántos estudiantes hay en esa clase? _____

_____

6. ¿Cuál es tu clase más pequeña? ¿Cuántos estudiantes hay en esa clase? _____

_____

7. Como es el principio del semestre, ¿vas a cambiar o dejar alguna clase?

_____

8. ¿Te molesta la hora, el/la profesor/a, la cantidad de trabajo u otro aspecto de tus clases?

_____

_____

Capítulo 1

Nuestras costumbres

Actividad 1: Miniconversaciones. Completa las siguientes conversaciones. Primero, lee la conversación y escoge el verbo apropiado. Después, escríbelo usando la forma correcta.

1. —¿_____ tú a Ramón Valenzuela?

   —Claro que sí, y _____ a su padre también. (regresar, conocer)

2. —Cuando Uds. _____ a bailar, ¿adónde van?

   —Si _____ temprano, vamos al Gallo Rojo y si _____ tarde, vamos a La Estatua de Oro.

   —Yo no _____ mucho, pero normalmente voy al Gallo Rojo también. (hacer, salir)

3. —¿Dónde _____ Ud.?

   —En junio, julio y agosto _____ en Bariloche o Las Leñas en Argentina, y en enero, febrero y marzo _____ en el Valle de Arán en los Pirineos en España. Tengo que estar preparada para las Olimpiadas. (correr, esquiar)

4. —Ahora mis abuelos y mis tíos viven a una hora de aquí.

   —Entonces, ¿_____ a tus parientes con frecuencia?

   —Sí, _____ a mis abuelos todos los domingos para comer. Mi abuela es una cocinera excelente y siempre prepara algo delicioso. (visitar, comer)

5. —¿Qué video va a _____ Ud.? *¿Mujeres al borde de un ataque de nervios o Todo sobre mi madre?*

   —Yo siempre _____ dramas, entonces *Todo sobre mi madre*. (escoger, practicar)

6. —Alfredo, ¿_____ a Juan con frecuencia?

   —_____ a Tomás, pero a Juan no. No estamos en la misma oficina ahora. (charlar, ver)

Actividad 2: La vida estudiantil. Usa las acciones de la siguiente lista para escribir oraciones que describan lo que hacen o no hacen con frecuencia los estudiantes.

ahorrar dinero
alquilar videos
asistir a todas las clases
bailar en discotecas
comer bien
escuchar música clásica
estudiar más de 20 horas
    por semana

faltar a más de dos clases
    por semana
flirtear en las fiestas
gastar dinero
hacer dieta
hacer ejercicio
hacer gimnasia
participar en discusiones

pasar una noche en vela
practicar deportes
sacar buenas notas
salir con sus profesores
trabajar 40 horas por
    semana
vivir con sus padres

Cosas que hacen los estudiantes con frecuencia

1. *Alquilan videos.*

2. _____

3. _____

4. _____

5. _____

6. _____

Cosas que no hacen los estudiantes normalmente

1. *No trabajan 40 horas por semana.*

2. _____

3. _____

4. _____

5. _____

6. _____

Actividad 3: Los buenos y los malos. Contesta estas preguntas sobre las acciones de los estudiantes de una manera original.

1. ¿Cuáles son tres cosas que hace un estudiante en clase cuando está aburrido?

    _____

    _____

2. Cuando un estudiante falta a clase, ¿cuáles son tres cosas que hace en vez de ir a clase?

    _____

    _____

3. ¿Cuáles son tres actividades que hacen los estudiantes en vez de estudiar por la noche?

_____

_____

4. ¿Qué hacen los estudiantes los fines de semana que normalmente no hacen durante los días de clase?

_____

_____

Actividad 4: Tus hábitos. Contesta estas preguntas sobre tus costumbres.

1. ¿Cuántas horas por semana estudias normalmente? _____

_____

2. ¿Faltas a muchas clases o a pocas clases en un semestre? _____

_____

3. ¿Participas en tus clases o no hablas mucho? _____

_____

4. ¿Escoges clases con profesores buenos e inteligentes o clases fáciles? _____

_____

5. ¿Cuándo haces investigación? ¿Al último momento o con anticipación?

_____

6. ¿Pasas muchas noches en vela antes de tus exámenes o estudias con anticipación?

_____

_____

7. ¿Sacas buenas notas o notas regulares? ¿Por qué? Según tus respuestas a las preguntas 1 a 6, ¿tienes buenos o malos hábitos de estudio? _____

_____

_____

_____

Actividad 5: Un dilema. Una estudiante escribió la siguiente carta a una revista para pedir consejos. Completa la carta con los verbos apropiados de la lista que está al lado de cada párrafo. Es posible usar los verbos más de una vez.

Querida Esperanza:

asistir
compartir
estar
faltar
fotocopiar
ir
ser
tomar

Yo _____ una estudiante buena y estoy en tercer año de la carrera universitaria. Este año, mi hermana menor _____ conmigo. Nosotras _____ un apartamento cerca de la universidad. Yo _____ a todas mis clases, pero ella _____ a clase con frecuencia. Cada semana ella tiene 18 horas de clase pero sólo _____ a 10 horas de clase. Ella dice que no es problemático porque los otros estudiantes _____ apuntes y ella lo _____ todo.

bailar
beber
comer
escoger
gastar
hacer
manejar
molestar
pasar
salir

     Ella siempre _____ clases fáciles. No le gusta _____ investigación y por eso sólo _____ clases con exámenes y sin trabajos escritos. Creo que está muy bien por un semestre, pero me _____ mucho su actitud. Ella no estudia mucho, pero _____ mucho con sus amigas. Ellas _____ en las discotecas, _____ en restaurantes y _____ mucha cerveza. Una cosa buena es que no _____ porque no tienen carro, pero tampoco tienen dinero para gastos necesarios porque _____ todo el dinero en los bares y en las discotecas. Luego, como mi hermana pasa el tiempo divirtiéndose, cuando ella tiene exámenes, siempre _____ noches en vela y eso no es bueno.

discutir
saber
sacar
ser

     Yo _____ responsable e inteligente, pero no _____ qué hacer con mi hermana. Si ella continúa así va a _____ muy malas notas y va a tener una vida muy difícil. No puedo hablar con ella porque últimamente nosotras sólo _____ ¿Qué puedo hacer?

                             Responsable pero desesperada

Actividad 6: Clasifica.

Parte A: Clasifica los siguientes verbos según las categorías indicadas.

ahorrar	conocer	encontrar	pedir	probar	servir
almorzar	costar	entender	pensar	querer	soler
cerrar	decir	escoger	perder	repetir	tener
comenzar	dormir	jugar	poder	sacar	venir
compartir	empezar	manejar	preferir	seguir	volver

e ➡ ie	o ➡ ue	e ➡ i	u ➡ ue	Verbos sin cambios de raíz (*stem*)

Parte B: Pon una estrella (*) después de los verbos que tienen una forma irregular o un cambio ortográfico (*change in spelling*) en la primera persona (la forma de yo) del presente del indicativo.

Actividad 7: Miniconversaciones. Completa las siguientes conversaciones. Primero, lee la conversación y escoge el verbo apropiado. Después escríbelo usando la forma correcta.

1. —No sé qué hacer con mi clase.

   —¿Qué pasa?

   —Los estudiantes no _____ mis explicaciones.

   —¿Quieres ir a mi clase para ver lo que hago yo? (preferir, entender)

2. —¿Qué _____ hacer Uds. en el futuro?

   —Después de casarnos, _____ vivir en un apartamento que ahora alquila mi madre. (comenzar, pensar)

3. —¿A qué hora _____ la exhibición en la galería?

   —_____ a las ocho en punto, pero el cóctel y la música

   _____ a las seis y media. (empezar, venir)

Continúa →

4. —Juan es estudiante y trabaja sólo diez horas por semana, pero siempre

_____ dinero.

—Es increíble, ¿no? Yo no _____ nada y gasto muy poco. (ahorrar, costar)

5. —¿_____ Francisca sus apuntes contigo?

—Francisca es muy egoísta. No _____ nada con nadie. (compartir, pedir)

6. —¿Qué _____ Alejandro de sus vecinos?

—No mucho. Pero nosotros _____ que ellos están locos. (probar, decir)

7. —¿_____ Uds. a la facultad para asistir al congreso este fin de semana?

—José Carlos _____ el viernes por la tarde, pero Marcos y yo

_____ el sábado. (dormir, venir)

Actividad 8: La respuesta. En la Actividad 5, completaste una carta de una estudiante. Ahora vas a completar la respuesta a esa carta. Primero, lee la carta de la Actividad 5. Segundo, lee la respuesta. Tercero, completa la carta con la forma correcta de los verbos que están al lado de cada párrafo. Se pueden usar los verbos más de una vez.

Querida Responsable pero desesperada:

empezar
entender
ir
poder
probar
ser

¿Qué _____ hacer tú? Absolutamente nada. Tu hermana no es una niña pequeña, ya _____ una mujer joven y las mujeres jóvenes toman sus propias decisiones. Algunas de éstas van a ser buenas y otras _____ a ser malas. Ella es rebelde y, por eso, lo _____ todo. En este momento tu hermana no _____ las consecuencias de sus actos. Pronto va a _____ a ser más responsable.

cerrar
pedir
poder
querer
seguir
ser

Si _____ ser una hermana buena, no lo _____ criticar todo. Si ella _____ ayuda, entonces puedes dar tu opinión. Si tú _____ con tu crítica, _____ la puerta de la comunicación con ella. Debes aceptar que tú no _____ su madre sino su hermana y que hay mucha diferencia.

Con esperanza de Esperanza

Actividad 9: Los estudiantes en general y Uds. Vas a escribir pares de oraciones: una que describa a los estudiantes en general, y otra que te describa a ti y tus amigos.

1. dormir bien todas las noches

   Los estudiantes: _____*Ellos*_____ Tus amigos y tú: _____*Nosotros*_____

   _____ _____

2. soler beber mucho alcohol en las fiestas

   Los estudiantes: _____ Tus amigos y tú: _____

   _____ _____

3. tener mucho tiempo libre

   Los estudiantes: _____ Tus amigos y tú: _____

   _____ _____

4. querer vivir en las residencias estudiantiles

   Los estudiantes: _____ Tus amigos y tú: _____

   _____ _____

5. preferir alquilar apartamento

   Los estudiantes: _____ Tus amigos y tú: _____

   _____ _____

6. soler participar en actividades culturales de la universidad

   Los estudiantes: _____ Tus amigos y tú: _____

   _____ _____

7. pensar en la ecología

   Los estudiantes: _____ Tus amigos y tú: _____

   _____ _____

8. pensar votar en las próximas elecciones

   Los estudiantes: _____ Tus amigos y tú: _____

   _____ _____

   Según tus oraciones, ¿son tus amigos y tú estudiantes típicos o atípicos? ¿Por qué?

   _____

   _____

   _____

> *NOTE: Remember to use* **hace** + time expression + present tense of verb *when stating how long an action has been going on. When you are not exactly sure of the duration, insert* **como** *before the time period.*

Actividad 10: ¿Cuánto tiempo hace que...? Contesta las siguientes preguntas sobre tu familia usando oraciones completas (incluye un verbo en cada respuesta). ¡OJO! Según tus respuestas, es posible que no tengas que contestar todas las preguntas.

1. ¿Dónde viven tus padres? _____

   ¿Cuánto tiempo hace que viven allí? _____

   _____

   ¿Te gusta la ciudad donde viven ellos? _____

   _____

2. ¿Trabaja tu padre o está jubilado? Si trabaja, ¿dónde trabaja y qué hace? _____

   _____

   _____

   Si trabaja, ¿cuánto tiempo hace que trabaja? Si está jubilado, ¿cuánto tiempo hace que

   está jubilado? _____

   ¿Y tu madre? _____

   _____

   _____

3. ¿Cuánto tiempo hace que estudias en esta universidad? _____

   _____

   ¿Dónde vives? ¿En una residencia estudiantil, en un apartamento, con tu familia?

   ¿Cuánto tiempo hace que vives allí? _____

4. Si no vives con tu familia, ¿con quién o quiénes vives? _____

   _____

   ¿Te caen bien o mal tus compañeros? ¿Por qué? _____

   _____

   _____

Actividad 11: Las malas costumbres. Lee las siguientes acciones y escribe oraciones para decir si haces tú algunas de estas acciones o si las hace tu compañero/a de cuarto o apartamento.

afeitarse y (no) limpiar el lavabo

dejar cosas por todas partes

bañarse y (no) limpiar la bañera

despertarse temprano y hacer mucho ruido (*noise*)

cepillarse los dientes y no poner la tapa en la pasta de dientes

(no) apagar las luces al salir

(no) lavar los platos después de comer

(nunca) sacar la comida podrida (*rotten*) de la nevera

dormirse en el sofá

acostarse tarde y hacer mucho ruido

maquillarse y dejar el lavabo sucio

sentarse siempre en la misma silla para mirar televisión

(no) lavarse las manos antes de cocinar

Yo _____

_____

_____

_____

Mi compañero/a _____

_____

_____

_____

Actividad 12: Email de un amigo. Pablo le escribe a una amiga para contarle acerca de los compañeros en su nuevo trabajo. Completa el email con los verbos que están al lado de cada párrafo. Puedes usar los verbos más de una vez.

aburrirse
divertirse
ocuparse
reírse
sentirse

darse
equivocarse
quejarse
reírse

Querida Mónica:

Te escribo desde mi nuevo trabajo, pero me estoy tomando un pequeño descanso. Mariana y Héctor son mis compañeros de oficina. Nosotros _____ de editar los manuscritos que recibimos de los autores. Tenemos mucho trabajo y es muy variado, por eso nunca _____. Yo _____ mucho con mi trabajo y con Mariana y Héctor. Nosotros _____ muy cómodos trabajando juntos. Mariana, en especial, es muy graciosa y _____ de todo.

Como en toda oficina, tenemos un tipo que es muy malhumorado y nunca _____ de nada; cree que es perfecto y no acepta cuando _____.

Continúa →

Siempre _____ de todo, pero un día de estos va a tener que _____ cuenta de que necesita ser más considerado con los otros trabajadores. Creo que tarde o temprano nuestro jefe va a cansarse de él.

acordarse
ocuparse
preocuparse
quejarse
sentirse

La verdad es que no _____ porque trabajo con gente muy simpática en esta oficina. Tengo suerte porque mi jefe es una persona muy considerada que _____ por sus empleados; siempre _____ de los cumpleaños de todos y _____ de reunir dinero para comprar regalos. Así que, aunque tengo muchísimo que hacer _____ muy bien en este trabajo.

irse
quejarse
reunirse

A veces _____ después del trabajo cuando los tres tenemos tiempo, aunque hay días que estamos muy ocupados y no _____ de la oficina hasta las ocho de la noche; pero nosotros no _____ porque muchas veces salimos antes de las cinco.

acordarse
darse
olvidarse
reunirse

Cambiando de tema, yo nunca _____ de las charlas eternas que teníamos en el café de la esquina de tu casa. ¿Y tú? ¿_____ de esas charlas tan animadas después de clase? ¿Todavía _____ con Paco y Lucía en el café? Me gustaría visitarte, pero _____ cuenta de que estás muy ocupada con la universidad.

Bueno, tengo que terminar un trabajo. Muchos saludos para ti y tus hermanos y escríbeme cuando tengas tiempo. Un fuerte abrazo de tu amigo,

Pablo

Actividad 13: ¿Cómo son Uds.? Completa las preguntas con la forma apropiada de los verbos indicados y después contéstalas para decir qué hacen tus amigos y tú.

1. ¿Cómo _____ Uds.? (divertirse)

_____

_____

2. ¿Dónde _____ Uds. para estudiar? (reunirse)

_____

_____

3. Muchos estudiantes tienen interés por la política o por las reglas de la universidad.

¿En qué asuntos _____ Uds.? (interesarse)

_____

_____

4. ¿Adónde _____ Uds. para las vacaciones de primavera? (ir)

_____

_____

5. ¿De qué _____ Uds.? (quejarse)

_____

_____

6. En general, ¿_____ Uds. contentos o frustrados en la universidad?

(sentirse) _____

_____

¿Por qué? _____

_____

Actividad 14: Reacciones.

Parte A: Escribe cinco oraciones usando verbos de la columna A para expresar tus reacciones a las cosas de la columna B.

→ **Me preocupo por el consumo de las drogas ilegales.**

A	B
aburrirse con	los problemas raciales de este país
darse cuenta de	la escuela de posgrado
divertirse con	las películas documentales
preocuparse por	el consumo de drogas ilegales
prepararse para	mis compañeros
reírse de	los políticos que mienten
	la gente que bebe demasiado alcohol
	la ecología
	las comedias de la televisión

Continúa →

1. _____

2. _____

3. _____

4. _____

5. _____

Parte B: Ahora, usa tus oraciones de la Parte A para escribir cinco oraciones nuevas sobre las reacciones de otra persona que conoces bien (un pariente o un amigo).

→ **Ramón, mi tío, no se preocupa por el consumo de las drogas ilegales.**

1. _____

2. _____

3. _____

4. _____

5. _____

Actividad 15: El diván del psicólogo. Contesta estas preguntas.

1. ¿Cuándo te enojas? _____

_____

2. ¿Te aburres cuando estás solo/a? _____

3. ¿Te sientes mal o no te preocupas si un amigo está triste? _____

_____

4. ¿Te preocupas por las personas menos afortunadas? Si contestas que sí, ¿haces algo

específico por ellas? _____

_____

5. Si te equivocas, ¿te ríes de tus errores o te sientes como un/a tonto/a?

_____

6. ¿De qué cosas te olvidas? _____

_____

7. ¿Te acuerdas de comprar tarjetas o regalos de cumpleaños para tus amigos y parientes?

_____

_____

8. Si te sientes mal, ¿prefieres estar acompañado/a o solo/a?

_____

_____

Actividad 16: La vida nocturna. Completa el crucigrama.

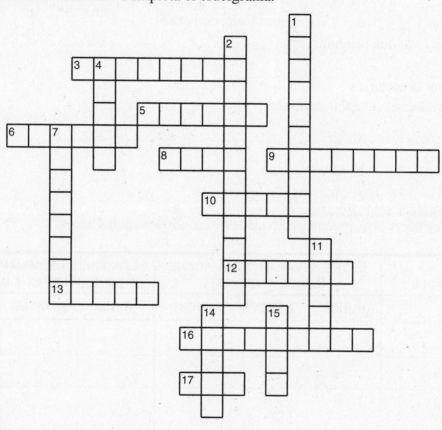

Horizontal

3. Pobre Juan, su novia lo dejó _____ en la esquina.

5. ¿Quieres salir a dar una _____?

6. Ellos suelen _____ a las 9:00 en el café Comercial. Son las 9:10. ¿Por qué no vamos a ver si están?

8. No me gusta sentarme en la primera _____ en el cine porque estoy demasiado cerca de la imagen.

9. Los amigos de Javier suelen _____ los viernes para jugar a las cartas.

10. Si quieres bailar, vas a una _____.

12. Los sábados por la noche, Jorge y sus amigos suelen _____ en el carro de su padre para mirar a las chicas por la calle.

Continúa →

13. Es muy tímido. Nunca quiere ____ a bailar a las chicas.

16. El sábado voy a un ____ de la orquesta filarmónica.

17. Es un lugar adonde vas para tomar algo.

Vertical

1. Si no tienes entradas, a veces se las puedes comprar a un ____ en la puerta del teatro.

2. No llegó a tiempo porque tuvo un ____ .

4. En España, es la acción de salir a un bar o una discoteca en busca de un futuro novio o novia.

7. Las ____ para el Superbowl cuestan mucho dinero y es casi imposible comprar una.

11. Él suele ____ a buscarla después de trabajar y luego salen.

14. ¿Qué van a ____ Uds.? ¿Vino, Coca Cola, cerveza?

15. Si quieres ver una película, vas al ____ .

Actividad 17: Por la noche...

Parte A: Completa el siguiente formulario.

Hombre ____   Mujer ____

Casado/a ____   Soltero/a ____

Edad: 18–20 ____   21–30 ____   31–50 ____   51+ ____

Marca si sueles hacer las siguientes actividades y cuándo las sueles hacer:

ACTIVIDADES	ENTRE SEMANA POR LA NOCHE (LUNES A JUEVES)			LOS FINES DE SEMANA POR LA NOCHE (VIERNES A DOMINGO)		
	NUNCA	A VECES	MUCHO	NUNCA	A VECES	MUCHO
ir a un bar						
ir a conciertos						
dar una vuelta con amigos						
pasear con el auto						
salir a cenar						
ir al cine						
reunirse con amigos en una cafetería						
pasar tiempo con amigos						
ligar						

Parte B: Teniendo en cuenta tus respuestas a la Parte A, ¿te consideras una persona típica o atípica según las costumbres de la cultura de tu país? ¿Por qué?

_____

_____

_____

_____

Actividad 18: En el aeropuerto de Barajas. Después del 11 de septiembre en los Estados Unidos y el 11 de marzo en Madrid, la gente toma más precauciones. Termina estas preguntas que se pueden oír al entrar en España con **qué** o **cuál** y escribe posibles respuestas completas basadas en la información entre paréntesis.

1. ¿_____ es su maleta? (la maleta azul)

_____

2. ¿_____ es su número de pasaporte? (888609999A)

_____

3. ¿_____ es su número de teléfono en los Estados Unidos? (617-555-4321)

_____

4. ¿_____ va a hacer Ud. en España? (estudiar / hacer turismo)

_____

5. ¿_____ lleva Ud. en la bolsa? (ropa / libros) _____

_____

6. ¿_____ hay en el paquete? (un regalo para un amigo / un pedómetro)

_____

7. ¿_____ es un pedómetro? (un aparato que dice cuánta distancia camina uno

durante un día) _____

_____

8. ¿_____ es su dirección de email? (agente99@kaos.com) _____

_____

Actividad 19: Miniconversaciones. Completa estas conversaciones con **a, al, a la, a los, a las** o deja el espacio en blanco cuando sea necesario.

1. —¿Vas _____ venir?

   —No puedo. Tengo que visitar _____ Sra. Huidobro. Está en el hospital, ¿sabes?

   —No, no lo sabía.

2. —Todos los días mi vecina de 85 años cuida _____ sus plantas, lleva

   _____ sus nietos al colegio y visita _____ su marido que está en una casa de ancianos.

   —Es una mujer increíble.

3. —¿_____ padre de Beto le gusta la música de Juan Luis Guerra?

   —Le fascina. Escucha _____ el CD Arieto todos los días en el carro.

4. —Buscamos _____ jugadores de basquetbol.

   —Nosotros jugamos al basquet.

   —Es que queremos formar _____ una liga para jugar todos los sábados. ¿Les interesa jugar?

   —¿_____ nosotros? ¡Claro!

5. —¿Cuántos empleados tiene la fábrica nueva?

   —Tiene _____ 235 personas.

   —¿Tantas? No sabía.

6. —Bueno, yo traigo _____ tortillas, _____ salsa y

   _____ guacamole a la fiesta. ¿Y tú?

   —Traigo _____ Verónica.

   —¡Oye! ¡No es justo!

Actividad 20: ¡Qué viaje!

Parte A: Paula acaba de llegar a Oaxaca, México, con un grupo de estudiantes norteamericanos para hacer un curso de verano y le escribe una carta a un amigo mexicano que vive en los Estados Unidos. Completa la carta con **a, al, a la, a los, a las** o deja el espacio en blanco cuando sea necesario.

Oaxaca, 25 de julio

Querido Alberto:

Por fin estoy con mi familia mexicana en Oaxaca después de un viaje muy largo. Todavía no tengo mi ropa, pero la aerolínea dice que las maletas van _____ llegar pronto. No sé por qué, pero siempre pierdo _____ las maletas. Conozco _____ otros del grupo, pero quiero hacerme amiga de los mexicanos. Me dicen que tengo que conocer _____ Sr. Beltrán, uno de los directores de nuestro grupo que es muy gracioso.

Mi familia es fabulosa. La madre prepara _____ comida deliciosa y creo que ya peso dos kilos más. Mis hermanos mexicanos son muy extrovertidos y tocan _____ la guitarra muy bien. Dicen que por la noche cantan _____ serenatas para sus novias. No sé si es verdad o no, pero sí sé que son muy divertidos. _____ muchachos les gusta salir con frecuencia.

_____ mí me encanta tu país y quiero volver el verano que viene. _____ todos los del grupo nos fascinan, más que nada, los colores. Se ven colores brillantes por todos lados. Creo que voy comprar mucha artesanía. Conozco _____ un artesano fabuloso. Se llama Javier Mejía y en su tienda vende _____ figuras de papel maché. Quiero aprender _____ hacer estas figuras. Ahora pienso buscar _____ un profesor de artesanía típica.

Por la mañana, asistimos _____ clase tres horas y el resto del tiempo visitamos _____ museos o ruinas zapotecas. Todos los días aprendemos _____ palabras nuevas muy útiles. Vamos _____ ir a Monte Albán mañana y _____ Mitla la semana que viene. Algún día quiero _____ trabajar de arqueóloga y poder excavar ruinas.

Bueno, me tengo que ir. Javier y yo vamos _____ cafetería Palacio esta tarde, después _____ cine y más tarde pensamos ir _____ un restaurante. Él es muy simpático, ¿sabes? Saludos _____ todos mis amigos.

Besos y abrazos de

Paula

Parte B: La forma de escribir una carta en español varía un poco de cómo se escribe en inglés. Contesta estas preguntas para aprender cómo se escribe una carta en español.

1. En inglés empezamos con la fecha. En español también debes incluir la fecha, pero hay algo antes. ¿Qué es? _____

2. ¿Quién escribe la carta de la Parte A? _____ ¿Quién recibe la carta? _____ ¿Son amigos o es una carta formal? _____ En inglés usamos coma después del saludo (*Dear Alberto,*). ¿Qué usan en español: coma o dos puntos? _____

3. La despedida de la carta dice **Besos y abrazos de Paula.** ¿Son simplemente amigos o son novios Paula y Alberto? _____

Actividad 21: Evita la redundancia. Lee las siguientes conversaciones y reescríbelas de una forma más normal, sin redundancias. Omite sujetos, usa pronombres como **yo, tú, él, ella,** etc., o usa pronombres de complemento directo como **lo, la, los, las.**

1. —¿Tú quieres comer albóndigas con papas esta noche?

   —No, todas las noches como albóndigas con papas y cuando voy a casa de la abuela, siempre prepara albóndigas con papas.

   —Bueno, esta noche tú tienes que comer albóndigas o salir forzosamente al mercado a comprar algo.

   _____

   _____

   _____

   _____

   _____

   _____

2. —¿Cuándo vas a terminar la redacción?

—Yo estoy terminando la redacción ahora mismo.

—¿Para cuándo quiere la redacción la profesora Zamora?

—Yo creo que la profesora Zamora dice que quiere la redacción para el viernes. Antes de entregar la redacción, yo voy a llamar a Gloria para oír la opinión de Gloria. Gloria siempre lee mis redacciones y comenta mis redacciones.

_____

_____

_____

_____

_____

_____

_____

Actividad 22: Las relaciones. Explica quién hace cada acción más, ¿tus amigos o tus padres?

1. llamarte por teléfono _____

2. invitarte a salir _____

3. conocerte mejor _____

4. criticarte sin ofenderte _____

5. respetarte como individuo _____

Actividad 23: En este momento. Contesta estas preguntas. No tienes que usar los nombres de las personas; puedes escribir sólo sus iniciales. Si el complemento directo puede ir en dos lugares, escribe las dos posibilidades.

→ ¿Quién va a llamarte mañana?

JC me va a llamar mañana. / JC va a llamarme mañana.

1. ¿Quién te quiere más que nadie en el mundo? _____

_____

2. ¿Quién quiere visitarte en este momento? _____

_____

Continúa →

3. ¿Quién te va a invitar a salir este fin de semana? _____

_____

4. ¿Quién te está buscando ahora mismo y no te puede localizar? _____

_____

Actividad 24: Los vendedores.

Parte A: Contesta estas preguntas sobre los vendedores de las tiendas.

1. Cuando tus amigos y tú entran en la librería de la universidad, ¿los saluda un vendedor

o una vendedora? _____

2. ¿Los vigila alguien? _____

_____

3. ¿Los atiende el vendedor / la vendedora con cortesía? _____

_____

4. ¿Los atiende con eficiencia o los hace esperar? _____

_____

Parte B: Eres muy cínico/a (*cynical*). Forma oraciones quejándote de los vendedores más insoportables del mundo. Después agrega (*add*) más quejas. Por ejemplo:

→ parar al entrar en la tienda para saludar

Nos paran al entrar en la tienda para saludarnos. Me molesta mucho porque no conozco a estas personas. Siempre me preguntan sobre el tiempo. La tienda tiene ventanas y ellos tienen ojos.

1. enseñar el modelo más caro _____

_____

_____

2. no dejar en paz si solamente queremos mirar _____

_____

_____

3. no escuchar con cuidado cuando explicamos qué queremos _____

_____

_____

NOTE: *Review writing strategies in Chapter 1 of* **Fuentes: Literatura y redacción.**

Actividad 25: Una persona que admiro.

Parte A: El periódico de la universidad te pidió un artículo sobre un/a pariente que admiras mucho. Antes de escribir el artículo, anota algunas ideas sobre esa persona.

Nombre _____

Parentesco (hermano/a, tío/a, etc.) _____

Descripción física _____ , _____

Descripción de su personalidad _____ , _____

Ocupación _____

Gustos (Le gusta..., le fascina..., se interesa por..., etc.) _____ ,

_____ , _____

Qué hace normalmente (corre, trabaja, suele..., juega al...) _____ ,

_____ , _____ , _____

Qué hace para divertirse _____

_____

Planes futuros (va a...) _____ , _____ ,

_____

Por qué admiras a esa persona _____

_____

Parte B: Organiza tus apuntes de la Parte A y decide qué vas a incluir y qué no vas a incluir en tu artículo. Escribe dos párrafos sobre esa persona que admiras.

_____

_____

_____

_____

_____

_____

_____

_____

_____

_____

_____

_____

_____

_____

_____

_____

_____

_____

_____

Capítulo 2

España: pasado y presente

Actividad 1: Interpretaciones. Examina las siguientes oraciones sobre la historia de España y la colonización del continente americano. Primero, subraya (*underline*) los verbos en el pretérito y segundo, indica cuál de los gráficos explica mejor el uso del pretérito en cada oración.

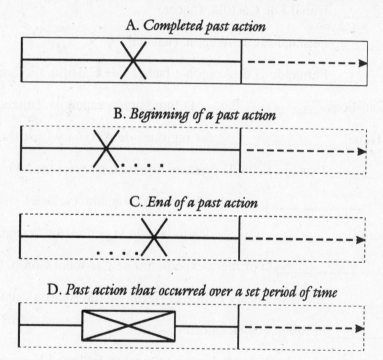

A. *Completed past action*

B. *Beginning of a past action*

C. *End of a past action*

D. *Past action that occurred over a set period of time*

1. _____ En el año 711, los moros invadieron la Península Ibérica que hoy en día se compone de España, Portugal y Gibraltar.

2. _____ Los moros estuvieron en la península por 781 años.

3. _____ La victoria cristiana, en Granada, en 1492 marcó el final de la presencia mora en la península.

4. _____ La boda de Fernando e Isabel inició la unión de las regiones de Aragón y Castilla, el primer paso hacia lo que es la España de hoy.

Continúa →

5. _____ Cristóbal Colón se emocionó al recibir la noticia de la reina Isabel sobre la financiación y el apoyo de sus exploraciones hacia la India.

6. _____ En 1518 Hernán Cortés llegó a México.

7. _____ Pronto empezaron a llegar clérigos para fundar misiones y conquistadores en busca de tesoros.

8. _____ Los españoles ejercieron control sobre partes de Hispanoamérica durante más de cuatro siglos.

9. _____ Franco fue dictador desde 1939 hasta su muerte en 1975.

10. _____ Se celebraron la feria mundial (la Expo 92, en Sevilla) y también los Juegos Olímpicos en Barcelona en 1992, quinientos años después de la llegada de Colón a América.

Actividad 2: Los Reyes Católicos. Completa estos datos sobre la vida de Isabel y Fernando con las formas apropiadas del pretérito de los verbos indicados.

1451 _____ Isabel I de Castilla. (nacer)

1452 _____ Fernando II de Aragón. (nacer)

1469 _____ Fernando II de Aragón e Isabel I de Castilla. (casarse)

1478 Los Reyes Católicos _____ la Inquisición española. (iniciar)

1479 Fernando e Isabel _____ las regiones de Aragón y Castilla. (unir)

_____ Juana la Loca, la primera hija de los reyes. (nacer)

1492 Los cristianos _____ a los moros en Granada. (vencer)

El reino español _____ a los judíos de la península. (expulsar)

El reino _____ la primera expedición de Cristóbal Colón. (financiar)

1496 _____ Juana la Loca y Felipe el Hermoso (de Austria). (casarse)

1504 _____ la Reina Isabel. (morir)

_____ al poder Juana la Loca y su esposo Felipe el Hermoso para ser los Reyes de Castilla. (subir)

1506 _____ Felipe el Hermoso. (morir)

El Rey Fernando _____ la regencia de Castilla. (asumir)

1507 _____ matrimonio el Rey Fernando con Germana de Foix. (contraer)

1516 _____ el Rey Fernando. (morir)

Actividad 3: Acontecimientos. Los siguientes acontecimientos deportivos ocurrieron durante tu vida. Escribe la forma correcta de los verbos indicados.

1. En 1994, una persona _____ a Nancy Kerrigan antes de los Juegos Olímpicos. (atacar)

2. En 2004, Lance Armstrong _____ el Tour de Francia por sexta vez. (ganar)

3. Michael Jordan _____ al béisbol tres años. (jugar)

4. En 1992, los jugadores profesionales de basquetbol _____ en los Juegos Olímpicos por primera vez. (competir)

5. En 1984, Doug Flutie _____ el trofeo Heisman. (recibir)

6. En 1994, _____ una huelga (*strike*) de béisbol que dejó la temporada (*season*) sin terminar. (empezar)

7. En 1999, Steffi Graf _____ del tenis profesional. (retirarse)

8. En los años 1981, 1987, 1989 y 1990, la Asociación Nacional de Basquetbol

   _____ a Earvin "Magic" Johnson como el mejor jugador. (nombrar)

NOTE: Remember the following spelling conventions: **ca, que, qui, co, cu / za, ce, ci, zo, zu / ga, gue, gui, go, gu**

Actividad 4: ¿Qué hiciste? ¿Cuáles de las siguientes cosas hiciste?

1. **La semana pasada**

buscar información en la biblioteca	comer en un restaurante
discutir con alguien	entregar la tarea a tiempo
ver una película	sufrir durante un examen
tocar un instrumento musical	enfermarte
	hacer otra cosa (¿qué?)

   _____

   _____

   _____

   _____

   _____

Continúa →

2. El verano pasado

ganar dinero
vivir con tus padres
comenzar un trabajo nuevo
empezar a / dejar de salir con alguien

viajar a otro país
alquilar un apartamento
asistir a un concierto
hacer otra cosa (¿qué?)

_____

_____

_____

_____

_____

NOTE: *Review preterit forms of* **-ir** *stem-changing verbs and of irregular verb forms.*

Actividad 5: Acciones. Di cuándo fue la última vez que hiciste las siguientes cosas y cuándo fue la última vez que las hizo un/a amigo/a. Usa estas expresiones al contestar: **anoche, ayer, anteayer, la semana pasada, el mes/año pasado, hace (tres) días/semanas/meses/años,** etc.

1. quedarse dormido/a leyendo

Yo: _____

Mi amigo/a: _____

2. mentir

Yo: _____

Mi amigo/a: _____

3. hacer ejercicio

Yo: _____

Mi amigo/a: _____

4. llevar a un/a amigo/a a tu casa

Yo: _____

Mi amigo/a: _____

5. conocer a una persona interesante

Yo: _____

Mi amigo/a: _____

6. saber una verdad difícil de aceptar

Yo: _____

Mi amigo/a: _____

7. no poder terminar una tarea a tiempo

Yo: _____

Mi amigo/a: _____

8. divertirse un montón

Yo: _____

Mi amigo/a: _____

> **NOTE:** *Do not list two things that you did at once. For example: if you studied and listened to music at the same time, only list one activity and not both.*

Actividad 6: ¿Qué hiciste?

Parte A: Haz una lista de seis cosas que hiciste anoche. Escribe solamente una actividad en cada espacio en blanco.

1. _____   **4.** _____

2. _____   **5.** _____

3. _____   **6.** _____

Parte B: Usa la lista de la Parte A para escribir una narrativa sobre qué hiciste anoche. Usa palabras como **primero, segundo, después** (**de** + *infinitivo*), **más tarde, luego, antes** (**de** + *infinitivo*), **enseguida, finalmente.**

_____

_____

_____

_____

_____

_____

Actividad 7: Historia. Forma oraciones usando elementos de cada columna. Hay varias posibilidades.

Los clérigos españoles	colonizar	el suroeste de los Estados Unidos
Los conquistadores	conquistar	a los esclavos negros para trabajar
Los ingleses	explorar	misiones en el continente americano
Los moros	explotar	a los indígenas
Los portugueses	fundar	a América para huir (*escape / run away*) de la
Muchos intelectuales españoles	importar	dictadura de Franco
	invadir	la India
	irse	la Península Ibérica
		Brasil

1. _____

2. _____

3. _____

4. _____

5. _____

6. _____

Actividad 8: Más datos. Completa las preguntas con la forma apropiada del verbo indicado y después contéstalas usando la frase **hace... años que...**

1. ¿Cuántos años hace que la corona española _____ la Inquisición?

   (iniciar / 1478) _____

   _____

2. ¿Cuántos años hace que el explorador Magallanes _____ a las Islas

   Filipinas? (llegar / 1521) _____

   _____

3. ¿Cuántos años hace que un conquistador español _____ la exploración

   de Texas? (iniciar / 1519) _____

   _____

4. ¿Cuántos años hace que Simón Bolívar _____ Venezuela del dominio

   español? (liberar / 1821) _____

   _____

5. ¿Cuántos años hace que Guinea Ecuatorial, una ex colonia española en África,

_____ su total independencia? (lograr / 1968) _____

_____

Actividad 9: ¿Cuándo? Lee las siguientes frases y escribe una oración que indique cuál de las dos acciones ocurrió primero.

→ recibir una carta de aceptación de la universidad / terminar la escuela secundaria

Ya había terminado la escuela secundaria cuando recibí una carta de aceptación de la universidad.

1. terminar el segundo año de la escuela secundaria / sacar el permiso de manejar _____

_____

2. visitar la universidad / solicitar el ingreso a (*to apply to*) la universidad _____

_____

3. tomar los exámenes de SAT o ACT / cumplir los 18 años _____

_____

4. graduarme de la escuela secundaria / decidir a qué universidad ir _____

_____

5. terminar la escuela secundaria / cumplir los 17 años _____

_____

6. decidir mi especialización / empezar los estudios universitarios _____

_____

Actividad 10: El cine. Completa el crucigrama.

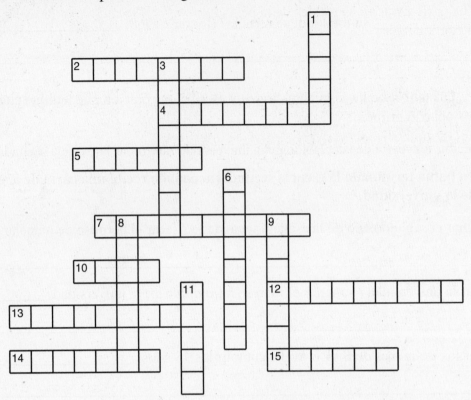

Horizontal

2. Pedro Almodóvar es ____ de cine.
4. Si es para niños, es una película ____ .
5. El Oscar es un tipo de ____ .
7. Los ____ en las películas de Pedro Almodóvar suelen ser gente marginada como los travestis de *Todo sobre mi madre.*
10. ____ para todos los públicos.
12. Cuando dan una película en el cine, se dice que está en ____ .
13. Si una película de suspenso tiene un buen ____ , el final siempre es una sorpresa.
14. Me encantan las películas de ciencia ____ como *E.T.*
15. La música que acompaña una película, es la banda ____ .

Vertical

1. En la película *Frida,* Salma Hayek hace el ____ de la pintora mexicana Frida Kahlo.
3. Nunca estoy de acuerdo con los ____ de los periódicos. Si a ellos no les gusta algo, a mí sí que me gusta.
6. Antes de empezar a ver una película siempre ponen ____ de las películas que están por estrenarse.
8. La primera noche de una película es el ____ .
9. Me fascinan los ____ especiales en las películas de acción.
11. PG es una clasificación ____ .

Actividad 11: Alquilar un DVD.

Parte A: Lee la siguiente ficha técnica de la película *Hombres armados* y contesta las preguntas que están a continuación.

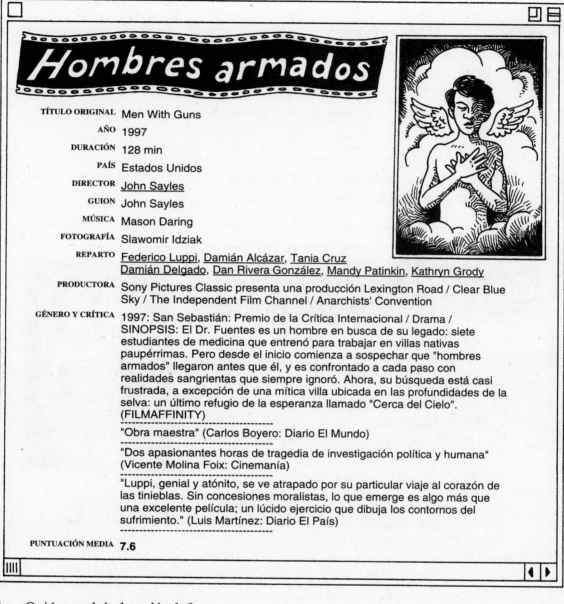

Hombres armados

TÍTULO ORIGINAL	Men With Guns
AÑO	1997
DURACIÓN	128 min
PAÍS	Estados Unidos
DIRECTOR	John Sayles
GUION	John Sayles
MÚSICA	Mason Daring
FOTOGRAFÍA	Slawomir Idziak
REPARTO	Federico Luppi, Damián Alcázar, Tania Cruz, Damián Delgado, Dan Rivera González, Mandy Patinkin, Kathryn Grody
PRODUCTORA	Sony Pictures Classic presenta una producción Lexington Road / Clear Blue Sky / The Independent Film Channel / Anarchists' Convention
GÉNERO Y CRÍTICA	1997: San Sebastián: Premio de la Crítica Internacional / Drama / SINOPSIS: El Dr. Fuentes es un hombre en busca de su legado: siete estudiantes de medicina que entrenó para trabajar en villas nativas paupérrimas. Pero desde el inicio comienza a sospechar que "hombres armados" llegaron antes que él, y es confrontado a cada paso con realidades sangrientas que siempre ignoró. Ahora, su búsqueda está casi frustrada, a excepción de una mítica villa ubicada en las profundidades de la selva: un último refugio de la esperanza llamado "Cerca del Cielo". (FILMAFFINITY)

"Obra maestra" (Carlos Boyero: Diario El Mundo)

"Dos apasionantes horas de tragedia de investigación política y humana" (Vicente Molina Foix: Cinemanía)

"Luppi, genial y atónito, se ve atrapado por su particular viaje al corazón de las tinieblas. Sin concesiones moralistas, lo que emerge es algo más que una excelente película; un lúcido ejercicio que dibuja los contornos del sufrimiento." (Luis Martínez: Diario El País)

PUNTUACIÓN MEDIA **7.6**

1. ¿Quién produjo la película? _____

_____

2. ¿Quién la dirigió? _____

3. ¿Quién escribió *Hombres armados*? _____

_____

4. ¿Cómo se llama el protagonista principal de la película? _____

_____

Continúa →

5. ¿Cómo se llaman los actores? _____

_____

6. ¿Quién hizo la banda sonora? _____

7. ¿De qué género es? _____

8. ¿De qué país es y en qué año se estrenó? _____

_____

9. ¿Ganó algún premio? Si contestas que sí, ¿sabes cuál o cuáles? _____

_____

Parte B: Lee la siguiente ficha técnica de la película *Como agua para chocolate* y contesta las preguntas que están a continuación.

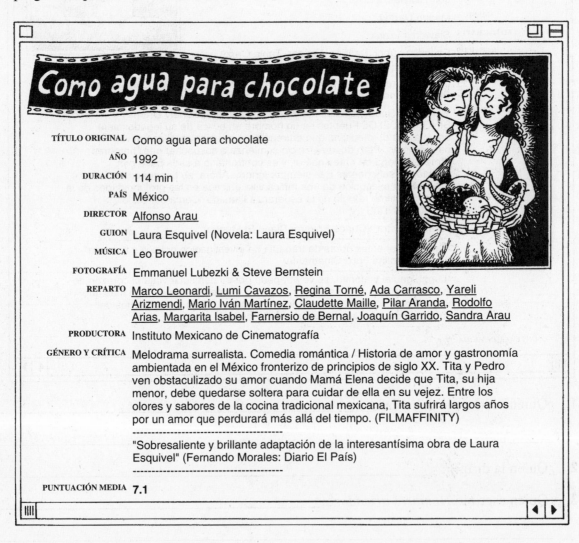

TÍTULO ORIGINAL	Como agua para chocolate
AÑO	1992
DURACIÓN	114 min
PAÍS	México
DIRECTOR	<u>Alfonso Arau</u>
GUION	Laura Esquivel (Novela: Laura Esquivel)
MÚSICA	Leo Brouwer
FOTOGRAFÍA	Emmanuel Lubezki & Steve Bernstein
REPARTO	<u>Marco Leonardi</u>, <u>Lumi Cavazos</u>, <u>Regina Torné</u>, <u>Ada Carrasco</u>, <u>Yareli Arizmendi</u>, <u>Mario Iván Martínez</u>, <u>Claudette Maille</u>, <u>Pilar Aranda</u>, <u>Rodolfo Arias</u>, <u>Margarita Isabel</u>, <u>Farnersio de Bernal</u>, <u>Joaquín Garrido</u>, <u>Sandra Arau</u>
PRODUCTORA	Instituto Mexicano de Cinematografía
GÉNERO Y CRÍTICA	Melodrama surrealista. Comedia romántica / Historia de amor y gastronomía ambientada en el México fronterizo de principios de siglo XX. Tita y Pedro ven obstaculizado su amor cuando Mamá Elena decide que Tita, su hija menor, debe quedarse soltera para cuidar de ella en su vejez. Entre los olores y sabores de la cocina tradicional mexicana, Tita sufrirá largos años por un amor que perdurará más allá del tiempo. (FILMAFFINITY) --- "Sobresaliente y brillante adaptación de la interesantísima obra de Laura Esquivel" (Fernando Morales: Diario El País) ---
PUNTUACIÓN MEDIA	7.1

1. ¿Quién produjo la película? _____

_____

2. ¿Quién la dirigió? _____

3. ¿Quién escribió *Como agua para chocolate*? _____
_____

4. ¿Cómo se llaman los dos amantes de la película? _____
_____

5. ¿Cómo se llaman los actores? _____
_____

6. ¿Quién hizo la banda sonora? _____

7. ¿De qué género es? _____

8. ¿Dónde se filmó y en qué año se estrenó? _____
_____

9. ¿Ganó algún premio? Si contestas que sí, ¿sabes cuál o cuáles? ___
_____

Parte C: Después de leer la sinopsis de las dos películas, ¿cuál te gustaría alquilar y por qué?
Menciona aspectos del argumento al contestar.

_____
_____
_____
_____
_____
_____

Actividad 12: Tus opiniones. Contesta estas preguntas sobre las películas de este último año para
dar tu opinión.

1. ¿Qué película ganó el premio a la Mejor Película en los Oscars el año pasado? ¿La viste?

_____
_____

Continúa →

2. ¿Cuál fue la última película que viste? ¿De qué género es? ¿Quién la dirigió? ¿Quiénes actuaron en la película? ¿Todavía está en cartelera? Escribe una sinopsis de la película.

_____

_____

_____

_____

_____

3. ¿Sueles comprar CDs de bandas sonoras de películas? Si contestas que sí, ¿cuál fue el

último que compraste? _____

_____

4. ¿Te gustan más las películas taquilleras, las independientes o las extranjeras? ¿Por qué?

_____

_____

_____

Actividad 13: ¿Qué hora era?

Parte A: Marca las cosas que hiciste el sábado pasado. En el último cuadro añade (*add*) algo original.

- ❑ levantarte
- ❑ ponerte la ropa
- ❑ visitar a un amigo
- ❑ comprar algo en una tienda
- ❑ oír un chisme (*gossip*) interesante
- ❑ empezar a leer una novela
- ❑ almorzar
- ❑ andar a algún lugar y no ir en carro
- ❑

- ❑ cenar en un restaurante
- ❑ asistir a un partido
- ❑ pedir café en una cafetería
- ❑ ir al cine
- ❑ llegar a casa
- ❑ desvestirte para dormir
- ❑ acostarte muy tarde

Parte B: Ahora di a qué hora hiciste las cosas que marcaste en la Parte A.

→ **Eran las siete cuando me levanté.**

_____

_____

_____

_____

_____

_____

_____

Actividad 14: La edad.

Parte A: Contesta estas preguntas sobre tu vida.

¿Cuántos años tenías cuando...

1. empezaste a ayudar con las tareas domésticas? _____

_____

2. tus padres te dejaron en casa solo/a por primera vez? _____

_____

3. pasaste la noche en casa de un/a amigo/a? _____

_____

4. viste una película con una clasificación moral de *R*? _____

_____

5. alguien te habló del sexo? _____

_____

6. un chico o una chica te besó por primera vez? _____

_____

7. tus padres te permitieron salir con un/a novio/a? _____

_____

8. abriste una cuenta bancaria? _____

_____

Continúa →

9. conseguiste tu primer trabajo? _____

_____

Parte B: Ahora contesta estas preguntas.

1. En tu opinión, ¿tuviste mucha responsabilidad de joven? _____

_____

2. ¿Cuál de estas posturas vas a tomar si eres padre o madre algún día: "Es mejor dejar a los niños ser niños." o "Los niños deben aprender rápidamente cómo es el mundo

— cuantas más responsabilidades mejor."? _____

_____

Actividad 15: Tu vida.

Parte A: Di cuándo fue la última vez que hiciste estas actividades. Usa frases como **esta mañana, ayer, anteayer, la semana pasada, hace dos/tres semanas, el mes pasado, hace dos/tres/etc. meses, el año pasado, hace dos/tres/etc. años.**

1. ir al médico para un chequeo _____

_____

2. hacerte una limpieza de dientes _____

_____

3. ir al dentista _____

_____

4. usar hilo dental _____

_____

5. comer ensalada _____

_____

6. quemarte (*get sunburned*) al sol _____

_____

7. hacer ejercicio aeróbico _____

_____

Parte B: Contesta esta pregunta: ¿Tienes buenas costumbres o debes cambiar algo para llevar una vida más sana?

_____

_____

_____

_____

Actividad 16: Historia. Usando las expresiones de secuencia de la primera columna y los acontecimientos de la segunda columna, da un breve resumen de la conquista española de América.

primero   ⟱➤   Colón hablar con los Reyes Católicos sobre su viaje

8 años más tarde, en 1492   ⟱➤   Isabel decidir financiar el viaje

antes de eso   ⟱➤   los reyes haber vencido a los moros

el 12 de octubre de 1492   ⟱➤   Colón pisar tierra americana

enseguida   ⟱➤   empezar una ola de exploración

inmediatamente   ⟱➤   los clérigos llevar la palabra de Dios a los indígenas

durante más de 400 años   ⟱➤   continuar la dominación española

                                 morir muchos indígenas a causa de guerras y enfermedades

finalmente   ⟱➤   Hispanoamérica liberarse de la colonización cuando España perder la guerra hispanoamericana

_____

_____

_____

_____

_____

_____

_____

_____

_____

_____

Continúa ➔

_____

_____

_____

_____

_____

_____

_____

_____

_____

Capítulo 3

La América precolombina

NOTE: *The 24-hour clock is used in this activity.* **17:30 = las cinco y media de la tarde.**

Actividad 1: Dónde y qué.

Parte A: Di dónde estabas y qué hacías ayer a las siguientes horas.

→ 5:30 **Ayer a las cinco y media de la mañana estaba en mi dormitorio y dormía/estaba durmiendo tranquilamente.**

1. 9:15 _____

_____

2. 12:40 _____

_____

3. 17:30 _____

_____

4. 21:15 _____

_____

Parte B: Ahora di qué estaba haciendo un/a pariente o un/a amigo/a mientras tú hacías las actividades de la Parte A.

→ **A las cinco y media mientras yo dormía/estaba durmiendo, mi amigo se duchaba/estaba duchándose.**

1. _____

_____

Continúa →

2. _____

_____

3. _____

_____

4. _____

_____

Actividad 2: Un día típico. Siempre hay mucha acción en la oficina de American Express en Caracas. Di qué estaban haciendo las siguientes personas mientras sus compañeros hacían otras actividades.

→ un cliente mandar un fax / la contadora contar el dinero

Un cliente mandaba/estaba mandando un fax mientras la contadora contaba/estaba contando el dinero.

1. la cajera vender cheques de viajero / el recepcionista contestar al teléfono _____

_____

2. un empleado comer un sándwich / su compañera preparar un informe _____

_____

3. un empleado hacer fotocopias / otro empleado calmar a un cliente histérico _____

_____

4. el director entrevistar a un posible empleado / una cliente recibir información sobre viajes

_____

_____

> _NOTE:_ **el domingo** = _on Sunday_

Actividad 3: ¡Pobre Ricardo! Ricardo siempre tiene mala suerte, pero la semana pasada resultó ser increíblemente desastrosa. Escribe cinco oraciones sobre las cosas que le pasaron.

→ domingo: caminar a misa / un perro atacarlo

El domingo, mientras Ricardo caminaba a misa, un perro lo atacó.

1. lunes: intentar sacar dinero de un cajero automático / la máquina tragarse su tarjeta

_____

2. martes: manejar al trabajo / el motor empezar a quemarse _____

_____

3. miércoles: subir al autobús / caerse y romperse la pierna derecha _____

_____

_____

4. jueves: comer en la cama del hospital / el paciente de al lado sufrir un ataque cardíaco

_____

_____

5. viernes: volver a casa en taxi desde el hospital / tener un accidente de tráfico y romperse

la pierna izquierda _____

_____

_____

Actividad 4: El apagón (*blackout*) de Nueva York. En el verano de 2003 hubo un apagón en la ciudad de Nueva York. Di las cosas que hacían diferentes personas cuando esto ocurrió y qué pasó como resultado.

→ algunas personas / escribir / en la computadora / perder documentos / tener que volver a escribirlos

Algunas personas escribían en la computadora y perdieron muchos documentos; tuvieron que volver a escribirlos.

1. algunas personas / bajar / en ascensores / quedarse atrapados

_____

_____

2. algunas personas / mirar / película en el cine / no poder / ver el final

_____

_____

3. un cirujano / operar / a un paciente / tener que conectar / el sistema eléctrico de

emergencia _____

_____

Continúa →

4. algunas personas / viajar / en metro / tener que tomar / el autobús

_____

_____

5. algunas personas / dormir / no saber / qué / ocurrir hasta el día siguiente

_____

_____

6. Woody Allen / ??? _____

_____

7. Donald Trump / ??? _____

_____

Actividad 5: Trabajos de verano. Di qué trabajos hacías durante el verano cuando estabas en la escuela secundaria e indica si esos trabajos son similares a los que haces en verano ahora que estás en la universidad.

→   **Cuando estaba en la escuela secundaria, limpiaba mesas en un restaurante. Ahora soy camarero y no limpio mesas.**

cortar el césped (lawn)   limpiar mesas   servir helado
cuidar niños   repartir periódicos   trabajar en una gasolinera
lavar carros   ser camarero/a   ???

_____

_____

_____

_____

_____

Actividad 6: Recuerdos de la escuela secundaria. Contesta estas preguntas sobre tus años de secundaria.

1. ¿Qué materias te gustaban? _____

_____

2. ¿Qué materias no te gustaban? _____

_____

3. ¿Eras muy travieso/a? _____

Explica alguna travesura (*prank, antics*) que hiciste una vez.

_____

_____

_____

4. ¿Practicabas algún deporte en equipo? _____

_____

Si contestas que sí, ¿ganaron Uds. algún campeonato o torneo?

_____

5. ¿Actuaste en alguna obra de teatro? _____

Si contestas que sí, ¿qué papel hiciste y cómo se llamaba la obra de teatro?

_____

6. ¿Trabajabas fuera de la escuela? _____

Si contestas que sí, ¿qué tipo de trabajo/s hacías? Describe tus responsabilidades.

_____

_____

_____

Actividad 7: Quetzalcóatl. Completa esta historia sobre Quetzalcóatl y los granos de maíz con las formas apropiadas del pretérito o el imperfecto de los verbos que están al lado de cada párrafo. Los verbos están en orden.

haber
llamarse
tener
pedir
decir
bajar
decidir

_____ dos dioses en el cielo: el dios Sol y la diosa Tierra.

Ellos tenían muchos hijos, entre ellos uno que _____ Quetzalcóatl.

Este hijo _____ ganas de vivir en la tierra; por eso, un día les

_____ a sus padres permiso para bajar a la tierra y sus padres le

_____ que sí. Entonces, el joven Quetzalcóatl _____

del cielo a la tierra y _____ vivir con los toltecas en lo que hoy en

día es México.

admirar
poner
ser

Los toltecas lo _____ tanto que le _____ el título

de Sacerdote Supremo. Quetzalcóatl _____ muy feliz con ellos,

Continúa ➜

molestar
ser
subir
rezar

pero algo le _____ : los toltecas _____ muy pobres y el hijo de los dioses no sabía qué hacer para ayudarlos. Entonces, todas las noches _____ a una montaña y _____ pidiendo inspiración divina para poder hacer algo bueno por esa gente en la tierra.

dar
construir
sentirse
querer

  Los dioses le _____ inspiración y Quetzalcóatl les enseñó a los toltecas cómo obtener el oro, la plata, la esmeralda y el coral. Despúes él _____ cuatro casas, cada una de uno de estos materiales. De un día a otro los toltecas se hicieron ricos. Pero Quetzalcóatl todavía no _____ satisfecho; él _____ darles algo más útil que riquezas materiales.

estar
dormirse
caminar
ver
estar
notar
entrar
llevar
guardar

  Una noche en la montaña mientras _____ rezando, _____ y tuvo un sueño increíble. En el sueño, él _____ por una montaña preciosa cubierta de flores cuando _____ un hormiguero. A él le pareció que las hormigas _____ trabajando. De repente _____ que las hormigas que _____ siempre _____ unos granos que _____ en el hormiguero.

despertarse
levantarse
caminar
esperar
ver

  En ese momento del sueño el joven dios _____ , _____ y _____ hacia una montaña preciosa cubierta de flores. Aunque no lo _____ , él _____ allí el mismo hormiguero que había visto en el sueño.

pedir
convertir
encontrar
salir
tomar
llevar
llegar
esconder
poner

  Les _____ ayuda a los dioses y ellos lo _____ en hormiga para poder entrar al hormiguero. Una vez adentro, Quetzalcóatl _____ los granitos blancos. Cuando _____ del hormiguero, _____ cuatro granitos y los _____ a su pueblo. Cuando _____ a su casa, los _____ muy bien: los _____ en la tierra.

salir
descubrir
comprender
ser
tener

  A la mañana siguiente _____ de su casa y de repente _____ unas plantas divinas con un fruto amarillo. Así, por fin, _____ que esta planta _____ mucho más significativa que los cuatro materiales y que con esta planta los toltecas _____ asegurado un futuro feliz.

Actividad 8: Reacciones. Contesta las siguientes preguntas para describir tus reacciones. Usa la palabra **cuando** en tus respuestas.

1. ¿Cuándo te aburres? _____

   _____

   Explica dónde estabas y qué pasó la última vez que estabas aburrido/a. _____

   _____

   _____

2. ¿Cuándo te enojas? _____

   _____

   Explica dónde estabas y qué pasó la última vez que te enojaste.

   _____

   _____

   _____

> *NOTE:* Use present if the person is still alive. Use imperfect if the person is deceased.

Actividad 9: Asociaciones. Asocia estas personas con palabras relacionadas con la descripción física. Sigue el modelo.

barba	calvo	cicatriz	frenillos	ojos azules	pelirrojo/a
bigotes	canoso/a	cola de caballo	lunar	patillas	tatuajes

→ **Harrison Ford tiene una cicatriz en la barbilla.**

1. Tori Amos, Nicole Kidman y Sarah Ferguson _____

   _____

2. Fidel Castro _____

3. Elvis _____

4. Jesse Ventura _____

5. Tommy Lee _____

6. Cindy Crawford _____

7. Frank Sinatra _____

8. Salvador Dalí _____

Actividad 10: Se busca. Trabajas para la policía y tienes que escribir una descripción física de estas dos personas.

SE BUSCA

93725917-A

Ramón Piera Vargas

_____

Color de ojos: verde
Color de pelo: _____
Señas particulares:

_____
_____
_____
_____
_____

SE BUSCA

87442957-C

María Elena Muñoz

_____

Color de ojos: café
Color de pelo: _____
Señas particulares:

_____
_____
_____
_____
_____

Actividad 11: ¡Descríbete!

Parte A: ¿Cómo eres? Lee esta descripción de una persona y después escribe una descripción sobre ti mismo/a.

Soy un poco calvo, pero tengo pelo rizado y largo que normalmente me hago cola de caballo. Soy pelirrojo. También tengo patillas y bigotes. Mi cara es redonda y tengo ojos azules. Tengo una cicatriz pequeña debajo de la boca. Tengo labios gruesos y llevo frenillos. ¿Qué opinas? ¿Soy atractivo?

¿Cómo eres tú?

_____
_____
_____
_____

Parte B: Escribe un párrafo describiendo a tu madre o a tu padre cuando uno de ellos tenía tu edad (si no sabes, puedes inventar).

_____

_____

_____

_____

_____

_____

NOTE: **Parecerse** *is conjugated like the verb* **conocer.**

Parte C: Basado en lo que escribiste en las Partes A y B, ¿te pareces físicamente a tu padre o a tu madre?

_____

_____

_____

Actividad 12: La herencia.

Parte A: Todos heredamos (*inherit*) ciertas características positivas de nuestros parientes. Primero, marca los tres adjetivos que te describan mejor y después di de quiénes heredaste estas características o a quién de tu familia te pareces más.

→ **Soy muy idealista y esto lo heredé de mi abuelo paterno.**

☐ acogedor/a   ☐ cariñoso/a   ☐ espontáneo/a

☐ idealista   ☐ prudente   ☐ audaz

☐ juguetón/juguetona   ☐ optimista   ☐ paciente

_____

_____

_____

Parte B: También compartimos características negativas. Marca las dos que te describan mejor y di de quiénes las heredaste o quién de tu familia es más como tú.

→ **Mi tía era muy impulsiva cuando tenía mi edad y yo también soy un poco impulsiva.**

☐ atrevido/a   ☐ malhumorado/a

☐ holgazán/holgazana   ☐ tacaño/a

☐ caprichoso/a   ☐ celoso/a

☐ impulsivo/a   ☐ pesimista

_____

_____

_____

Actividad 13: ¿Positivo o negativo? Di si te consideras realista o no. Después, explica si es bueno o no ser realista.

_____

_____

_____

Actividad 14: Ser o estar. Completa las siguientes conversaciones con la forma apropiada de **ser** o **estar** en el presente del indicativo o el imperfecto.

1. —¡RODRIGO! ¿_____ allí?

    —Shhhhhhh, el niño _____ durmiendo.

    —¡Uaaaaa!

    —Bueno, ahora _____ despierto. ¿Qué quieres?

2. —Claudia _____ enferma. Tiene fiebre, tos y le duele todo el cuerpo.

    —Debe tomar jugo de naranja y acostarse.

    —Es verdad, el jugo de naranja _____ muy bueno.

    —Pero debe ser natural; yo compré unas naranjas que _____ increíblemente deliciosas.

3. —Ayer vi un accidente horrible: un carro atropelló (*ran over*) un perro.

—¿Qué le pasó al perro?

—_____ vivo, pero sangraba un poco. Creo que va a estar bien.

—¿Y el conductor del carro?

—El conductor _____ muy nervioso. Llevó inmediatamente el perro a un veterinario.

4. —¡Carlos! ... ¡Carlos! ... ¡CARLOOOOOOS!

—¿Qué quieres? No _____ sordo.

5. —¿Qué tal tu ensalada?

—_____ buenísima. ¿Y tu sopa de pescado?

—Muy rica, pero _____ un poco fría.

Actividad 15: La suplente. Marcela, una maestra suplente (*substitute teacher*), le deja una nota a un maestro sobre la clase que ella enseñó ayer. Completa la nota usando la forma apropiada de **ser** o **estar.** Usa el imperfecto, el pretérito o el presente del indicativo.

Daniel:

Tienes unos estudiantes muy interesantes y disfruté de tu clase. Realmente los

estudiantes _____ listos y _____ bastante activos: Carlitos

Rivera _____ un niño muy alegre. Y hay algunos estudiantes que

_____ bastante traviesos y hay unos cuantos que _____

holgazanes. Ayer Susana _____ muy enojada y nunca entendí por qué. No

quiso hablar en toda la clase. Y Marcos, que yo sé que _____ bueno, ayer

_____ muy juguetón. Por supuesto _____ sorprendidos porque

tú no fuiste a clase y porque _____ enfermo. ¡Qué buen grupo tienes! Yo

_____ muy contenta por haber tenido esa oportunidad, pero tus alumnos te

extrañan; _____ muy acostumbrados a tu estilo de enseñar. Espero que te

recuperes pronto.

Saludos,

Marcela

Actividad 16: Problema tras problema. Hoy es un mal día para ti. Completa las siguientes oraciones con el participio pasivo (*past participle*) de estos verbos: **abrir, descomponer, deshacer, disponer, preparar, resolver.**

1. La cama está _____ .

2. El televisor está _____ .

3. Los problemas con tu compañero no están _____ .

4. La puerta de la lavadora está _____ y no se puede cerrar.

5. No puedes terminar tu proyecto y tu jefe no está _____ a oír excusas.

6. Dentro de cinco minutos llegan dos invitados para comer y la comida no está

_____ .

Actividad 17: La tienda. Tus padres tienen una tienda de regalos y trabajan mucho para ganar dinero. Transforma estas oraciones usando **estar** + *participio pasivo* en vez de las palabras en negrita. Haz todos los cambios necesarios para formar oraciones lógicas.

→ Mis padres **se cansan** mucho trabajando en la tienda.

Mis padres están cansados después de trabajar en la tienda.

1. Mis padres siempre **se frustran** por los problemas de la tienda.

_____

2. Mi padre siempre **se viste** bien.

_____

3. Ellos **abren** la tienda a las 9:00 de la mañana.

_____

4. **Cierran** la tienda a las 7:00.

_____

5. Siempre **ponen** las cosas más caras cerca de la puerta.

_____

6. La computadora siempre **se rompe** y causa problemas.

_____

7. Mis padres siempre **envuelven** los regalos en papel con el logotipo de la tienda.

_____

Actividad 18: Acciones.

Parte A: Di si estás preocupado/a o no por los siguientes problemas. Escribe sí o no en el espacio.

Me preocupo por...

1. _____ el alto consumo de alcohol entre los jóvenes.

2. _____ la forma en que funcionan los gobiernos.

3. _____ la desaparición de lenguas indígenas.

4. _____ la destrucción de zonas verdes en las ciudades.

5. _____ el hambre en el mundo.

6. _____ la discriminación contra gente indígena tanto en América como en Australia.

Parte B: Di si estás dispuesto/a o no a hacer algo para remediar las situaciones de la Parte A. Si dices que estás dispuesto/a, di qué puedes hacer.

→   el alto consumo de alcohol entre los jóvenes

Estoy dispuesto/a a prohibir el alcohol en mi casa.   **El alcohol es un problema, pero no estoy dispuesto/a a hacer nada.**

1. _____

2. _____

3. _____

4. _____

5. _____

Actividad 19: El día de Reyes.

La familia de Tomás tiene buen sentido del humor, y para el 6 de enero (el día de Reyes), ellos siempre reciben y dan regalos raros. Termina este párrafo de Tomás con el pronombre del complemento indirecto apropiado (**me, te, le, nos, os, les**).

Todos los años mis padres _____ dan unos regalos ridículos a mis hermanos y a mí.

Este año, mis padres _____ mandaron un huevo, una papa y una cebolla por FedEx a mi

hermano Marco que ahora estudia en Stanford en los Estados Unidos. Marco _____ había

dicho en una carta a nosotros que echaba de menos la tortilla española. A mi hermana, yo

_____ compré comida de perro porque ella _____ había dicho que nuestro perro

Continúa →

era el que mejor vivía de la familia. Y a mí, mis padres _____ regalaron un disco de Barry Manilow porque un día _____ comenté que la música de hoy es mejor que la música de los años 70. Entre todos los hermanos _____ dimos a nuestros padres dos entradas para la ópera. Odian la ópera, pero siempre _____ dicen que no salen lo suficiente y necesitan más vida cultural. Pero el mejor fue el regalo que recibimos de mis abuelos paternos:

_____ mandaron un libro con el título *Regalos perfectos para la persona que lo tiene todo.*

NOTE: **regalarle algo = hacerle un regalo**

Actividad 20: ¡Qué absurdo! Contesta estas preguntas sobre los regalos.

1. ¿A quiénes les haces regalos y para qué ocasiones? _____

_____

_____

2. ¿Quién te dio el regalo más ridículo que recibiste y qué era? _____

_____

_____

3. ¿Cuál fue el regalo más tonto que compraste? ¿A quién le diste ese regalo? ¿Cómo reaccionó al abrirlo? _____

_____

_____

_____

4. ¿Alguno de tus parientes tiene mal gusto? ¿Te regala ropa? _____

_____

Si contestas que sí, describe la última prenda que te regaló. _____

_____

_____

> **NOTE:** *This activity summarizes accounts from* Me llamo Rigoberta Menchú y así me nació la conciencia, *a book written in 1992. Some people challenge the truthfulness of these accounts, but no one questions the barbarities that were suffered by the Quiches in Guatemala.*

Actividad 21: Rigoberta Menchú.

Parte A: Completa esta descripción de la vida de Rigoberta Menchú. Escribe la forma apropiada del verbo indicado en el pretérito o el imperfecto. Los verbos están en orden.

nacer
ser
ser
trabajar
recoger
exportar
cultivar
pagar
ser
tratar
morirse

Rigoberta Menchú _____ en un pueblo en las montañas de Guatemala, el cual _____ totalmente inaccesible excepto a pie o a caballo. Ella es quiché, uno de los 22 grupos indígenas de Guatemala. Los quiché hablan su propio idioma y no el español de los blancos y los mestizos. Cuando _____ joven, su familia _____ ocho meses del año en las fincas de café lejos de su pueblo natal. Ellos _____ café para los dueños ricos que lo _____ a otros países. Los Menchú pasaban los otros cuatro meses en su pueblo donde _____ maíz y frijoles en una tierra poco fértil. Los dueños les _____ poco y las condiciones de trabajo y vivienda _____ horribles. Los _____ casi como animales. Uno de sus hermanos _____ de hambre y otro de intoxicación, probablemente por algún insecticida en las plantas.

tener
elegir
irse
empezar
controlar

Cuando _____ doce años, los curas católicos _____ a Rigoberta para enseñarle la palabra de Dios a su gente, reconociendo el talento y la inteligencia de esa joven. Unos años después, _____ a la ciudad para trabajar limpiando las casas de los ricos. Allí _____ a aprender el español que más tarde llegó a ser su arma contra sus opresores, los mestizos y los blancos que _____ el país.

comenzar

Los problemas iban de mal en peor para su gente. Con la intención de ayudarla, la familia Menchú _____ a participar en organizaciones políticas.

Continúa →

empezar
llamar

Los soldados _____ a llegar a su región y poco a poco la desaparición de personas llegó a ser un acontecimiento casi diario. Los soldados y el gobierno _____ subversivos y comunistas a los quichés, pero según Rigoberta, ellos sólo querían parar el genocidio y buscar una manera de convivir en paz y respeto mutuo.

arrestar
mirar
tener
morir
matar
dar

Los soldados _____ y torturaron a un hermano de Rigoberta por 16 días antes de quemarlo en público y mientras su familia y otros de la zona _____ aterrorizados. Él sólo _____ 16 años. Su padre también _____ de manera muy violenta en una protesta en la capital. Más tarde los soldados raptaron y _____ a su madre y les _____ el cadáver a los perros.

estar
ir
irse
empezar
reconocer
ganar

Al final, Menchú tuvo que salir de Guatemala porque los soldados la _____ buscando y ella creía que la _____ a matar. Por eso _____ a México y allí _____ a contarle su historia al mundo y llegó a ser uno de los líderes de su gente. La _____ mundialmente en 1992 cuando _____ el Premio Nobel de la Paz por su trabajo y lucha por su pueblo.

Parte B: La vida de los quichés en Guatemala fue increíblemente dura. Contesta estas preguntas sobre tu vida y lo que hace tu universidad para ayudar a otros.

1. ¿Hacías, hiciste o haces algo en este momento para ayudar a otras personas? Si no, ¿te gustaría hacer algo? Explica tu respuesta.

_____

_____

_____

_____

2. ¿Qué programas existen a través de tu universidad para trabajar como voluntario/a en la comunidad u otros lugares? Si no sabes, averigua (*find out*).

_____

_____

_____

_____

Capítulo 4

Llegan los inmigrantes

Actividad 1: Los inmigrantes. Rellena los espacios con las palabras apropiadas.

1. El padre de tu abuelo es tu _____ .

2. Un individuo que tiene padre negro y madre blanca es _____ .

3. Un individuo que tiene sangre indígena y europea es _____ .

4. Un individuo que abandona su país para vivir en otro es un _____ .

5. Un individuo que no puede vivir en su país por razones políticas es un

_____ .

Actividad 2: Quino. Quino es el Charles Schulz de Argentina. Su personaje Mafalda es tan famoso en todo el mundo de habla española como Charlie Brown entre los angloparlantes. Lee parte de una entrevista con Quino y contesta las preguntas que siguen.

—¿Cómo es posible que siendo tan argentina Mafalda se haya convertido en una niña mundial?

—Bueno, mundial no. En África no la conocen. Aunque sí está en chino y otras lenguas (alrededor de 35). Yo creo que la explicación está en mi infancia. Nací en Mendoza en una familia andaluza, en un barrio donde el panadero era español, el verdulero, italiano, el otro comerciante, libanés. A los primeros argentinos los conocí en la escuela. Todos mis parientes eran españoles. Desde chico tuve una visión muy amplia. Quizá por eso a Mafalda la quieren tanto en tantas culturas distintas. Pero también porque los problemas que yo trataba son iguales en todas partes.

> **—¿Cuál es su patria y cuál era la patria de Mafalda?**
>
> —(*Medita unos segundos*) Yo construí la patria de Mafalda en el barrio de San Telmo cuando empecé a dibujarla. Las veredas rotas, el pastito en las cornisas de las casas viejas eran de San Telmo. En cuanto a mi patria, no lo tengo muy claro. Honestamente me siento más cerca de un campesino del Mediterráneo que de un indio del Altiplano°. Yo sé que decir esto no cae bien, pero es la verdad. Quisiera estar más atado a las raíces del lugar donde nací.

°**Altiplano** = the high plains in the Andes mountains

1. Según Quino, ¿en qué continente no conocen a Mafalda? _____
   _____

2. ¿En cuántos idiomas se puede leer la tira cómica *Mafalda*? _____
   _____

3. ¿En qué ciudad de Argentina nació Quino? _____
   _____

4. Los padres de Quino emigraron de Andalucía, una provincia en el sur de España. ¿De
   dónde eran otras personas del barrio donde creció Quino? _____
   _____

5. ¿Más o menos cuántos años tenía Quino cuando empezó a conocer "argentinos"?
   _____

6. San Telmo, un barrio de Buenos Aires que parece un típico barrio del sur de Europa,
   es donde vive Mafalda. ¿Con quiénes se identifica más Quino: con los argentinos, los
   españoles, los indígenas del Altiplano, la gente mediterránea u otros?
   _____
   _____

7. ¿Por qué es tan popular Mafalda? ¿Porque representa la cultura argentina o porque
   representa una mezcla de culturas y problemas universales? _____
   _____

Actividad 3: Tus antepasados. Contesta estas preguntas sobre tu familia.

1. ¿Cuál es el origen étnico de tu familia? _____

_____

2. ¿En más o menos qué año y de qué país o países vinieron tus antepasados al emigrar de su país a este país?

_____

_____

_____

_____

Si eres de origen indígena, ¿tienes también antepasados de otras partes del mundo? Si

contestas que sí, ¿de dónde? _____

_____

3. ¿Sabes por qué vinieron? ¿Tenían pocos recursos económicos? ¿Buscaban nuevos

horizontes, libertad política o libertad religiosa? _____

_____

_____

4. ¿Fueron discriminados tus antepasados? Si contestas que sí, ¿continúa esta

discriminación hoy día? _____

_____

_____

Actividad 4: En el metro. Estás en el metro y sólo oyes partes de una conversación a tu lado. Termina esta conversación con lo que supones que dijo la gente.

1. —Ayer _____ al dentista.

—¡Uy! ¿Te dolió mucho? ¿Te puso anestesia?

    a. tuve que ir   **b.** tenía que ir

Continúa →

2. —Mi dentista ya no _____ seguir trabajando.

   —¿Por qué?

   —Por problemas con los ojos; ya no veía bien.

      a. pudo   **b.** podía

3. —_____ a mi dentista en una manifestación.

   —Pero ¿cómo que en una manifestación?

      a. Conocí   **b.** Conocía

4. —Sí, le preocupa mucho el bienestar de la gente pobre.

   —Ah, yo no _____ que por eso él te interesaba tanto.

      a. supe   **b.** sabía

5. —Yo _____ a la manifestación, pero al final decidí no ir. Pero sí firmé unas cuantas peticiones electrónicas por Internet.

      a. fui   **b.** iba a ir

Actividad 5: Intenciones. Di tres cosas que ibas a hacer la semana pasada y qué hiciste en vez de hacer esas actividades.

Intenciones	**Lo que hice**
pagar la factura del teléfono	charlar con amigos en la cafetería
escribir una monografía	comprar ropa nueva
hacer investigaciones en la biblioteca	ir a un concierto
solicitar un trabajo nuevo	pasar el fin de semana en otra ciudad
reunirme con un profesor	ver un partido de...
???	jugar a las cartas
	navegar por Internet
	???

1. _____

   _____

2. _____

   _____

3. _____

   _____

Actividad 6: La familia de Marcela. En el libro de texto, leíste sobre la historia del padre de Marcela y su emigración de España a Argentina. Termina estos párrafos, que recuenta Marcela sobre la historia, con la forma correcta del verbo indicado en el pretérito o el imperfecto.

Mis abuelos ya _____ (1. tener) siete hijos cuando _____

(2. decidir) salir de España para hacerse a la América. La familia _____ (3. viajar)

cuarenta días en barco —la más pequeña sólo _____ (4. tener) un añito cuando

ellos _____ (5. llegar) a Argentina. Mis abuelos no _____ (6. saber)

qué les esperaba en ese país nuevo, pero _____ (7. esperar) tener muchas

oportunidades.

Al llegar, no _____ (8. conocer) a nadie. Por suerte, pronto mi abuelo

_____ (9. conocer) a otro español que los _____ (10. ayudar) y así

_____ (11. poder) encontrar un lugar donde vivir en la capital. Pero, poco después

de llegar _____ (12. ocurrir) una tragedia: _____ (13. morirse) mi

abuela y mi abuelo _____ (14. tener) que criar a los siete hijos solo. Como no

_____ (15. saber) qué hacer, al final _____ (16. tener) que poner a

sus hijas en un internado de monjas y a los hijos en un internado de curas. Él no

_____ (17. querer) hacer esto, pero no _____ (18. poder) trabajar y

cuidar a tantos hijos a la vez. Al principio los niños _____ (19. protestar) porque

no _____ (20. querer) ir a la escuela, pero finalmente _____

(21. tener) que aceptarlo. Al morirse la abuela, mi padre _____ (22. tener) sólo

dos años y, por eso, él y su hermana menor, no _____ (23. asistir) a la escuela al

principio porque _____ (24. ser) demasiado pequeños. Por eso

_____ (25. quedarse) en casa con su padre hasta que _____

(26. empezar) la escuela a los cinco años.

Actividad 7: El choque cultural.

Parte A: Hay cuatro etapas en lo que se llama el "choque cultural", por las cuales se dice que pasa una persona cuando va a vivir a otro país. Pon estas etapas en orden. (Si es necesario, consulta el *¿Lo sabían?* de la página 101 en el libro de texto.)

a. _____ Aceptación: acepta las diferencias y se adapta.

b. _____ Luna de miel: se siente encantado con el lugar y todo le resulta novedoso y atractivo.

c. _____ Integración: se comporta como las otras personas del país.

d. _____ Rechazo: rechaza todo lo relacionado con la nueva cultura, sale poco y se aisla.

Parte B: A veces, cuando un estudiante empieza la universidad pasa por las diferentes etapas de choque cultural. Termina este párrafo con las siguientes frases: **lo que, lo bueno, lo interesante, lo nuevo, lo positivo, lo triste.** Es posible usar las frases más de una vez.

Cuando muchos estudiantes empiezan su carrera universitaria entran en una cultura nueva.

Al principio, (1) _____ les llama la atención es la libertad que tienen, y todo

(2) _____ es fantástico. Un bar nuevo, un amigo nuevo, un profesor nuevo, todo es

nuevo y todo es fabuloso. Pero poco a poco esto cambia y el profesor nuevo hace un comentario

político que no les gusta; el amigo nuevo les parece cada día más y más esnob; el compañero de

cuarto escucha música diferente de la suya, etc. Resulta que (3) _____ no es tan

fantástico como pensaban los estudiantes al llegar. Al darse cuenta de eso, muchos entran en la

segunda fase, cuando todo les molesta. No suelen salir mucho, prefieren estar solos que con

amigos. (4) _____ es que algunas personas se quedan en esta etapa y nunca

cambian de opinión. A veces hasta vuelven a su ciudad o cambian de universidad. Pero,

(5) _____ es que para la mayoría no es así. (6) _____ antes les

molestaba, ahora les parece algo que tienen que aceptar. (7) _____ es que cuando

dejan de criticar, empiezan a aceptar las diferencias. Algunas personas entran en la cuarta etapa

y hasta empiezan a imitar o a hacer exactamente (8) _____ criticaban antes y se

convierten en parte de la misma cultura que antes rechazaban.

Actividad 8: Un día terrible. Integra la información que se presenta debajo de cada situación en una pequeña historia sobre lo que pasó. Empieza con una oración diciendo qué pasó (**se le(s)** + *verbo*) si lo que ocurrió no fue intencional, y después agrega (*add*) más información.

1. Alfredo y Lorenzo manejar a la playa / descomponerse el carro

_____

_____

_____

_____

2. Ángela enojarse con su novio / quemar todas sus fotos.

_____

_____

3. Francisco lavarse las manos en el servicio de una gasolinera / olvidarse el anillo de matrimonio

_____

_____

_____

_____

Actividad 9: Mi madre. Lee la siguiente descripción que escribió una hija sobre su madre. Después escribe dos párrafos parecidos sobre tu madre o tu padre. En el primero cuenta qué hacía durante una época de su vida. En el segundo, explica qué hace ahora.

Cuando mi madre tenía 25 años vivía en Santiago de Chile. Tenía un trabajo sumamente interesante: trabajaba para la Organización de Estados Americanos (OEA). Por lo tanto, con frecuencia hacía viajes a Nueva York y a Washington para asistir a reuniones con otros representantes de diferentes partes del continente. Aprovechaba estos viajes para ir al teatro y para comprar libros en inglés. Todos los días en Santiago estudiaba inglés y dos veces por semana se reunía con un profesor particular para aclarar sus dudas.

Mi madre ya no trabaja para la OEA. Ahora es traductora de libros y suele traducir obras literarias del inglés al español. Está muy contenta con su nuevo empleo y estoy muy orgullosa de mi madre.

_____

_____

_____

_____

_____

_____

_____

_____

_____

_____

NOTE: You can use **era/n** + time *or simply* **a la/s** + time *to say when something occurred:*
Eran las diez cuando empezó la película. / La película empezó a las diez.

Actividad 10: Los acontecimientos. Lee los siguientes apuntes de la policía y después escribe un artículo para un periódico explicando qué ocurrió y cuándo. Usa expresiones como **de repente, a las tres/cuatro/**etc., **anoche, anteayer, ayer, el lunes, desde... hasta, inmediatamente, después, más tarde, luego.**

lunes, 9/3/05

10:35 llegar Nuria Peña a la ciudad; ir directamente al hotel Los Galgos; 11:31 llegar al hotel; subir a la habitación 312; 11:34 llamar a Pepe Cabrales; reunirse con Cabrales para comer; 16:00 Peña depositar un cheque de Cabrales por $100.000 en un cajero automático (*ATM*)

martes, 10/3/05

14:20 Peña alquilar un carro; recoger a Cabrales; los dos saludar al hijo del general y jugar con él y su perro un rato en un parque; seguir al hijo a la casa del general; hablar un momento con Rosita López, la mujer de la limpieza, sobre el precio de la lechuga

miércoles, 11/3/05

13:20 el general llamar a su casa; 13:23 oír disparos de un rifle; alguien raptar al hijo del general; el perro morder a Peña; morir Rosita López; la policía saber la identidad de los acusados al encontrar la llave del hotel Los Galgos, habitación 312; empezar la búsqueda de los presuntos criminales

El Diario

Jueves once de marzo de dos mil cinco

DESAPARECIDO: HIJO DE UN GENERAL

La policía busca a Nuria Peña y a Pepe Cabrales por raptar al hijo del general Gabriel Montes y por matar a su empleada doméstica Rosita López.

NOTE: *Use the imperfect to describe what people looked like and what they were wearing. Also use the imperfect to state age:* **Tenía más o menos 35 años.**

Actividad 11: ¿Cómo eran? Tú lo viste todo y le diste una descripción de Nuria Peña y Pepe Cabrales a la policía. Escribe lo que les dijiste.

_____   _____

_____   _____

_____   _____

_____   _____

_____   _____

_____   _____

NOTE: *Use the imperfect for two simultaneous past actions. Use the imperfect for a past action in progress, but use the preterit for an action that interrupted another action.*

Actividad 12: ¿Qué hizo? Narra lo que pasó en las siguientes escenas.

1. _____   mientras dormir / mirar

_____

2. salir / subir al sofá

_____

3. mientras freír huevos / perro ver gato / empezar a ladrar (_bark_) / hombre oír / salir de la cocina

_____

_____

4. mientras arreglar sofá y castigar perro / quemarse los huevos

_____

_____

Actividad 13: ¿Qué has hecho? Primero, rellena el espacio con la forma correcta del participio pasivo (*past participle*) del verbo entre paréntesis. Después contesta las preguntas sobre la historia de tu familia.

1. ¿Has _____ a la casa donde creció tu madre? (ir) _____

   _____

   Si contestas que sí, ¿cómo era? _____

   _____

2. ¿Has _____ a la mejor amiga de tu madre de la escuela secundaria? (conocer)

   _____

   Si contestas que sí, ¿te cayó bien, regular o mal? ¿Por qué? _____

   _____

3. ¿Has _____ en el pueblo o la ciudad donde nació tu abuela? (estar)

   _____

   Si contestas que sí, ¿cómo era? _____

   _____

4. ¿Has _____ fotos de tu abuela cuando era joven? (ver) _____

   _____

   Si contestas que sí, ¿cómo era? _____

   _____

5. ¿Tu abuelo te ha _____ algo de su vida de joven? (contar) _____

   _____

   Si contestas que sí, ¿qué hacía? ¿Dónde trabajaba? ¿Luchó en el ejército? ¿Asistió a la universidad? ¿Era buen estudiante? _____

   _____

Actividad 14: Shakira. Shakira, cuyo nombre significa "llena de gracia" en árabe y "diosa de la fortuna" en hindi, es una cantante colombiana de mucho éxito. Lee el siguiente artículo sobre su carrera y contesta las preguntas que siguen.

En las palabras de su compatriota, Gabriel García Márquez, "la música de Shakira tiene una estampa personal que la distingue de cualquier otra, y nadie, de cualquier edad, canta ni baila como lo hace ella, con esa sensualidad tan inocente, una sensualidad que pareciera ser de su propia invención".

El rápido ascenso de Shakira es la esencia misma de una leyenda latinoamericana. Con apenas 13 años de edad, firmó su primer contrato discográfico con Sony Music Colombia, el cual la llevó a grabar el disco *Magia*. Después de graduarse de la escuela secundaria, Shakira decidió dedicar su vida a la música, grabando los discos *Peligro y Pies Descalzos,* este último siendo el que le abrió paso en los mercados de Latinoamérica, Brasil y España. Su siguiente disco, *¿Dónde Están Los Ladrones?,* producido por la misma Shakira y contando con la producción ejecutiva de Emilio Estefan, estableció a Shakira como una de las más grandes exponentes del pop-rock latino y alcanzó a ser disco de múltiple-platino en los Estados Unidos, Argentina, Colombia, Chile, Centro América, México, y disco de platino en España. Luego llegaron un Grammy y dos Latin Grammys, presentaciones claves en televisión, y el comienzo del nuevo reinado de Shakira.

Shakira es una contradicción que vive, camina, respira y canta. "Nací y me crié en Colombia, pero escuchaba a bandas como Led Zeppelín, The Cure, Police, Los Beatles y Nirvana", dice Shakira. "Amaba ese sonido de rock pero al mismo tiempo como mi padre es de descendencia libanesa, soy fiel a los gustos y sonidos árabes. De alguna forma soy una fusión de esas pasiones y mi música es una fusión de elementos que pueden coexistir en el mismo sitio en una canción."

Son las canciones de *Laundry Service,* su primer disco en inglés, el tipo de música pop que captan la atención del mundo entero. Desde los matices de tango en *"Objection",* pasando por el sabor medio–oriental de *"Eyes Like Yours",* las innovaciones líricas de *"Underneath Your Clothes",* la riqueza melódica de *"The One",* hasta el pop-rock de *"Whenever Wherever",* Shakira pertenece a la categoría de los mejores cantautores en cualquier idioma.

Lo más impresionante de *Laundry Service* es la manera en la que Shakira logra traducir su sensibilidad a un nuevo lenguaje. La idea de grabar canciones en inglés nació de la cooperación entre Shakira y Emilio y Gloria Estefan.

Pero cultivar la meta de escribir canciones en inglés fue un duro desafío. "La primera canción que escribí por mi propia cuenta para este disco fue 'Objection'", recuerda Shakira. "Oré y le pedí a Dios que me enviara una buena canción ese mismo día, recuerdo comenzar a escribir la canción un par de horas después. Escribí la música y la letra al mismo tiempo, y cuando eso sucede es algo mágico para mí."

"Tuve que encontrar la manera de expresar mis ideas y mis emociones, mis historias de día a día en inglés, así que compré unos diccionarios de rimas y leí poesías y obras de autores como Leonard Cohen y Walt Whitman. Sentía el amor en español pero trataba de expresarlo en inglés. Con el tiempo eso se convirtió en un proceso natural, y si examinan el contenido de mis canciones, verán que la mayoría de ellas hablan de mis experiencias, de mis sentimientos, y de lo que sucedía en mi vida en ese momento", nos dice Shakira.

Shakira es una de las cantautoras mas poéticas de su generación y es considerada como la mejor escritora de canciones de toda Latinoamérica.

"Yo trato de representarme a mí misma, pero muchas mujeres se identifican conmigo", dice Shakira. "Yo definitivamente no soy el tipo de mujer que le lava la ropa a su marido todos los días. Espero no sonar como una líder feminista al decir estas cosas. Simplemente trato de ser honesta al escribir mis canciones."

En *Laundry Service* se puede apreciar una fuerte dedicación al sonido básico y primordial del rock, al estilo de cantar blues de Bonnie Raitt, y hasta el sonido violento y melancólico de Aerosmith. Pero Shakira no puede dejar de ser ella misma, lo cual quiere decir que *"Whenever Wherever"* llegará a sus oídos con la ayuda de algunas flautas de Los Andes y tambores de Brasil, y que *"Eyes Like Yours"* estallará por sus altavoces con el frenetismo oriental de una odalisca.

"El mundo se ha convertido en un lugar tan pequeño y la música es tan ecléctica en este momento, que el gusto musical se ha expandido al punto de que este "crossover" de una cultura hacia otra es algo totalmente predecible", dice Shakira, pausando por un segundo, como asegurándose de que todos entendieran que ella tiene sus prioridades bien claras. "Pero al mismo tiempo sé que el rock and roll nunca morirá."

Continúa →

1. ¿Llegó a ser popular Shakira a través de muchos años o con rapidez? _____

_____

2. ¿Cuántos años tenía cuando firmó su primer contrato y con qué compañía lo firmó?

_____

3. ¿Con quién trabajó en el disco *¿Dónde están los ladrones?* _____

_____

4. ¿Qué premios ha ganado? _____

5. ¿Por qué dice el artículo que Shakira es una contradicción? _____

_____

_____

6. Ella dice que su música es una fusión de culturas. ¿Cuál de sus canciones es la que mejor representa esta fusión, *"Objection"*, *"Whenever Wherever"* o *"Eyes Like Yours"*? ¿Por qué?

_____

_____

_____

7. Shakira habla tres idiomas, pero ¿qué hizo para poder escribir canciones en inglés?

_____

_____

8. Shakira dice que la música hoy día es ecléctica. ¿Estás de acuerdo o no con esta frase? ¿Tienes una colección de música ecléctica? Si contestas que sí, ¿qué tipo de música has comprado este último año?

_____

_____

_____

9. ¿Has oído cantar a Shakira? ¿La has visto bailar? ¿Te gusta? _____

_____

_____

Actividad 15: Inventa una historia. Selecciona información de las listas que se presentan y agrega (*add*) cualquier información que necesites para inventar una historia sobre lo que hicieron tú y tus amigos.

→ **Ayer nevaba y hacía mucho frío. Mis amigos y yo fuimos a un partido de fútbol en el estadio de la universidad...**

Cuándo
el sábado por la noche
el domingo al mediodía
ayer
el día de San Valentín

Tiempo
hacer frío / fresco / calor
ser un día de sol
nevar
llover

Con quién
un/a amigo/a
una profesora
unos amigos
un pariente

Adónde
a una fiesta
a un partido de fútbol
a un restaurante
a un teatro

Descripción
(no) haber mucha gente
 elegante
tener asientos incómodos
haber mucho ruido

Qué pasó
empezar una pelea
tener lugar un delito (*crime*)
conocer a alguien
ganar / perder algo

Cómo lo pasaron
terrible
regular
fantástico
(no) divertirse

Por qué
???

_____

_____

_____

_____

_____

_____

_____

_____

_____

_____

_____

_____

Capítulo 5

Los Estados Unidos: Sabrosa fusión de culturas

Actividad 1: Deseos. Completa la siguiente conversación que tuvo lugar en la cafetería de una empresa. Usa el infinitivo o el presente del subjuntivo.

Juan: Mi jefe quiere que yo _____ por lo menos dos meses al año. (viajar)

Laura: Eso no es nada. La compañía insiste en que Pepe y yo _____ a la Patagonia para hacer estudios biológicos que van a durar dos años. Nosotros preferimos que _____ a alguien nuevo para hacerlo. No queremos _____ allí. (mudarnos, emplear, vivir)

Juan: Pues, les recomiendo que _____ otro trabajo porque si la compañía quiere algo, lo consigue. (buscar)

Laura: ¿Por qué no hablamos de otro tema? ¿Qué me sugieres que _____ para comer? (pedir)

Juan: Dicen que el pollo asado es muy bueno aquí, pero yo prefiero _____ algo más ligero (*light*) como una ensalada. (pedir)

Laura: Es mejor que _____ bien porque esta tarde tenemos tres horas seguidas de reuniones aburridas. (almorzar)

Juan: Es verdad. No quiero que el estómago _____ ruidos raros delante de los clientes. (hacer)

Laura: Como dicen, es importante _____ una buena imagen. (presentar)

Actividad 2: ¿Aconsejable o no? Tienes un amigo que va a pasar tres meses en la selva amazónica trabajando. Dale consejos para el viaje.

1. Es importante que tú _____ el pasaporte con un mes de anticipación. (sacar)

2. Te aconsejo que _____ si necesitas algunas vacunas (*vaccinations*) contra las enfermedades que pueda haber. (averiguar)

3. Te recomiendo que _____ ropa ligera pero fácil de lavar. (comprar)

4. Te ruego que _____ cuidado con los animales porque no los conoces y pueden ser peligrosos. (tener)

5. Es importante _____ qué plantas se pueden comer porque algunas pueden ser venenosas. (saber)

Actividad 3: Consejos.

Parte A: La universidad te pidió hacer una presentación a un grupo de jóvenes de 17 años que van a asistir a tu universidad el año que viene. En la presentación debes incluir una lista de los cinco consejos mejores que darías para tener éxito en la vida académica.

1. Es importante que Uds. _____

_____

2. Es buena idea _____

_____

3. Les recomiendo que _____

_____

4. Les aconsejo que _____

_____

5. Sugiero que _____

_____

Parte B: Ahora, tienes que hacer otra lista para el mismo grupo de futuros estudiantes con cinco consejos para tener una vida social activa e interesante.

1. Es necesario que Uds. _____

_____

2. Es necesario _____

_____

3. No quiero que Uds. _____

_____

4. Es importante que _____

_____

5. Les aconsejo que no _____

_____

Actividad 4: La persona perfecta.

Parte A: Todos estamos en busca de nuestra "media naranja" (*perfect mate*). A veces el amor no es suficiente. Mira la lista y marca las frases que describan mejor a tu persona ideal. Añade algo más al final si quieres.

☐ tener buen sentido del humor

☐ gustarle la misma música que a mí

☐ tener amigos simpáticos

☐ respetar mi punto de vista

☐ ser religioso/a

☐ querer vivir en una ciudad

☐ no fumar

☐ saber cocinar bien

☐ _____

☐ no mirar televisión a todas horas

☐ divertirse haciendo cosas simples

☐ vestirse bien

☐ compartir mis opiniones políticas

☐ tocar un instrumento musical

☐ querer vivir en el campo

☐ no consumir drogas

☐ ser atractivo/a

☐ _____

> *NOTE:* **pareja** = *partner, significant other (feminine even if referring to a man)*

Parte B: Ahora, forma oraciones con las frases que marcaste en la Parte A para describir a tu pareja perfecta. Usa frases como **es importante que, es preferible que, es necesario que, es mejor que, quiero que, espero que, insisto en que,** etc.

→ **Para mí, es importante que mi pareja respete mi punto de vista porque...**

_____

_____

_____

_____

_____

_____

_____

Actividad 5: Los deseos para el Año Nuevo.

Parte A: Completa los deseos de Lorenzo Dávila para el Año Nuevo usando el infinitivo o el presente de subjuntivo de los verbos que se presentan.

traer   Yo espero que este año me _____ experiencias nuevas.

conseguir   Es importante que _____ un trabajo nuevo y es preciso que

trabajar   yo _____ en una ciudad con una vida cultural interesante

tener   y estimulante. Digo esto porque quiero _____ la oportunidad

de actuar en un teatro en mi tiempo libre. No es importante que

actuar   _____ en un teatro profesional. Es bueno que

ganar   _____ dinero en mi trabajo y también que

divertirse _____ fuera de la oficina.

> **NOTE:** *Use an infinitive if there is no change of subject and* **que** *is not present.*

Parte B: Ahora escribe tus deseos para el año que viene. Usa expresiones como **es necesario (que)**, **quiero (que)**, **espero (que)**, **es mejor (que)**, etc.

_____

_____

_____

_____

_____

Actividad 6: Las exigencias. Se habla mucho de la desintegración de la familia hoy en día y cómo puede ser ésta una de las causas de la delincuencia. Escribe cinco cosas que la sociedad les debe exigir a los padres.

→   **La sociedad les debe exigir a los padres que les expliquen a sus hijos las consecuencias de sus actos.**

1. _____

   _____

2. _____

   _____

3. _____

4. _____

_____

5. _____

_____

Actividad 7: Lo que oyen los niños. Los padres siempre les dan instrucciones y órdenes a sus hijos. Muchas veces empiezan pidiéndoles que hagan algo y después lo repiten de una forma más dura cuando los niños no responden enseguida. Convierte las oraciones de la primera columna en oraciones más duras. Sigue el modelo.

↳ Debes hacer la tarea ahora.　　　　　　　**Te digo que hagas la tarea ahora.**

1. Debes hacer la cama.　　　　　　　_____

2. ¿Puedes bajar el volumen un poco?　　_____

3. Uds. no deben molestar a su hermano.　_____

4. Tienen que limpiar el baño.　　　　　_____

5. No debes pegarle a tu hermano.　　　　_____

6. Tienen que sacar la basura.　　　　　_____

7. Tienes que practicar la lección de　　_____

piano esta noche.　　　　　　　　　_____

---

*NOTE: Use the subjunctive with **decir** only to convey orders; use the indicative to provide information.*

Actividad 8: La reunión de profesores. Tú trabajas como profesor/a universitario/a y asististes a una reunión donde tu jefe habló sobre observaciones y reglas para los exámenes finales. Una compañera no pudo venir. Forma oraciones para decirle qué pasó. Comienza cada idea con **Nos dice que (nosotros)...**

↳ enseñarle las dos versiones del examen final

Nos dice que le enseñemos las dos versiones del examen final.

1. observar la clase de un colega y escribir una evaluación _____

_____

_____

Continúa →

2. cada profesor preparar el examen final para su clase _____

_____

3. el examen no tener más de seis páginas _____

_____

4. hacer dos versiones del examen final _____

_____

5. la fecha del examen ser el 17 de diciembre _____

_____

6. vigilar a los estudiantes durante el examen porque los alumnos se copian

_____

7. corregir el examen minuciosamente _____

_____

8. recibir el último cheque el 15 de diciembre _____

_____

Actividad 9: Tome decisiones con madurez. Completa los siguientes consejos para adolescentes sobre el consumo de alcohol. Usa órdenes.

Si no desean beber alcohol…

1. _____ la presión de sus amigos y _____

fe en sí mismos. No _____ que otras personas influyan de una

manera negativa en su vida. (resistir, tener, dejar)

2. _____ con firmeza invitaciones a beber alcohol si Uds. no quieren
tomar. (rechazar)

3. No _____ disculpas a nadie por no querer tomar alcohol. (pedirle)

Si desean beber alcohol...

4. No _____ carro o motocicleta si piensan beber. (conducir)

5. No _____ mucho alcohol de golpe (*at once*); es mejor beber despacio.
(consumir)

6. Si deciden beber, _____ algo antes. (comer)

7. _____ que el alcohol no soluciona los problemas sino que los aumenta. (recordar)

8. _____ cuenta de que el abuso del alcohol aumenta la violencia y la posibilidad de contraer enfermedades venéreas. (darse)

Actividad 10: Órdenes. Lee los siguientes anuncios y vuelve a escribirlos de una forma más directa. Usa órdenes en plural. Sigue el modelo.

→ Se prohíbe fumar.   *Orden directa:* **No fumen.**

1. Se prohíbe tocar.   No _____.

2. Se prohíbe estacionar.   No _____.

3. Se prohíbe entrar.   No _____.

4. Se prohíbe repartir propaganda.   No _____.

5. Se prohíbe hablar.   No _____.

6. Se prohíbe consumir bebidas alcohólicas. No _____.

7. Se prohíbe poner anuncios.   No _____.

8. Se prohíbe hacer grafiti.   No _____.

Actividad 11: La úlcera. Éstas son las instrucciones que le dio una doctora a un paciente que tiene úlcera. Convierte las oraciones en órdenes.

1. Ud. tiene que dejar de comer comidas picantes.

_____

2. Ud. no puede tomar café ni otras bebidas con cafeína.

_____

3. Ud. tiene que preparar comidas sanas.

_____

4. Es importante no hacer actividades que produzcan tensión en su vida.

_____

5. Ud. debe pasar más tiempo con sus amigos y menos tiempo en el trabajo.

_____

6. Ud. tiene que caminar por lo menos cinco kilómetros al día.

_____

Actividad 12: El dilema.

Parte A: Piensa en uno de tus profesores de la escuela secundaria que no te caía bien. Describe qué cosas hacía esta persona que te molestaban.

_____

_____

_____

_____

Parte B: Ahora, imagina que tienes la oportunidad de darle órdenes al/a la profesor/a de la Parte A para que sus clases sean mejores. Escribe por lo menos cuatro órdenes.

1. _____

2. _____

3. _____

4. _____

NOTE: *When adding object pronouns to affirmative commands, you may need to add accents.*

Actividad 13: Pobres niños. Escribe órdenes que suelen escuchar los niños un día típico.

→   Magda / escribirlo   **¡Escríbelo!**

1. Carlitos / no tocarlo _____

2. Felicia / darle las gracias a la señora _____

3. Germán y Mauricio / ponerse la chaqueta _____

4. Roberto / tener cuidado porque esto quema _____

5. Fernanda / no jugar con la comida _____

6. Pepito / no entregar la tarea tarde _____

7. Carmen / hacerlo ya _____

8. Ramón / sacarse el dedo de la nariz _____

9. Mónica y Silvia / escucharme _____

10. Felipito / decir la verdad y no mentir más _____

Actividad 14: Los consejos. Tienes dos amigos que siempre se contradicen al darte consejos. Escribe qué dijo cada uno de ellos.

Amigo A

1. No hagas la tarea; sal a divertirte.

2. _____

3. Ponte un par de jeans y camiseta para ir a la fiesta.

4. No le hagas favores a Raúl.

5. _____

Amigo B

1. _____
   _____

2. No le digas mentiras a tu pareja.

3. _____
   _____

4. _____

5. No vayas al trabajo el sábado; ven con nosotros a la playa.

Actividad 15: Una compañera insoportable. Tienes una compañera de apartamento que nunca hace lo que debe hacer. Por eso, tienes que decirle lo que debe hacer, pero nunca te escucha. Entonces tienes que repetirlo y ser más directo/a. Usa órdenes informales y pronombres de complemento directo si es posible. Sigue el modelo.

→ Tienes que lavar los platos. **Lávalos.**

1. Por favor, ¿puedes bajar la radio?

2. No quiero que dejes la ropa en el suelo del baño.

3. ¿Podrías limpiar la bañera?

4. Me molesta cuando fumas en la cocina.

5. Debes recoger el periódico.

6. Tienes que ir a la lavandería.

7. No puedes sacar la basura por la tarde.

8. Tienes que sacar la basura por la mañana temprano.

Actividad 16: ¡Ojo! Escribe órdenes para las siguientes situaciones. Para hacerlo, primero marca si debes usar órdenes formales o informales y segundo si son singulares o plurales. Después, escribe las órdenes apropiadas.

1. ☐ formal   ☐ informal
   ☐ singular   ☐ plural

   No cruzar. _____

   _____

2. ☐ formal   ☐ informal
   ☐ singular   ☐ plural

   No meter la mano. _____

   _____

3. ☐ formal   ☐ informal
   ☐ singular   ☐ plural

   No jugar con fósforos. _____

   _____

4. ☐ formal   ☐ informal
   ☐ singular   ☐ plural

   No acercarse más. _____

   _____

5. ☐ formal   ☐ informal
   ☐ singular   ☐ plural

   No tocarlo. _____

   _____

6. ☐ formal   ☐ informal
   ☐ singular   ☐ plural

   Salir de allí. _____

   _____

Actividad 17: Las instrucciones. Mira la Actividad 15 en la página 130 del libro de texto. Imita el estilo y el humor de ese fax y escribe otro con el siguiente título:

Instrucciones para los que quieren graduarse de la universidad sin mucho esfuerzo

I. _____

_____

II. _____

_____

III. _____

_____

IV. _____

_____

V. _____

_____

Actividad 18: Un crucigrama. Completa este crucigrama sobre la comida.

Continúa →

Horizontal

6. Son pequeñas, redondas y verdes.
8. primer _____ , segundo _____ , postre
9. Es una fruta redonda de Valencia y Florida.
10. Es un postre español con huevos, leche y azúcar. Es parecido al *crème caramel* francés.
12. Se pone en las ensaladas. Es rojo.
14. A Bugs Bunny le gusta comer esta verdura de color anaranjado.
16. café con leche muy chiquito que se toma después de comer
20. vaca muy joven
21. Se come este plato al final de la comida. Puede ser fruta, helado, torta, etc.
22. Verdura que los conquistadores encontraron en México. Es la base de la tortilla mexicana.
23. A muchas personas no les gustan estos pescados pequeños en la pizza.
25. Es la base del guacamole. Es verde.
26. En España se llama cacahuete y en México, cacahuate. A Jimmy Carter le gusta mucho.

Vertical

1. Se usa la carne de este animal para hacer jamón.
2. Es como la leche, pero con más calorías.
3. pescados pequeños que generalmente se compran en lata
4. Es grande y es verde por fuera y roja por dentro. Se come en el verano.
5. Esta verdura se usa en ensaladas. Es larga, verde por fuera y blanca por dentro.
7. Envase en que se compra la leche condensada. También es común comprar la sopa preparada así.
10. Si los vegetales no están congelados, son _____ .
11. Se toma el agua mineral con o sin _____ .
13. En España es patata, pero en Latinoamérica es _____ .
15. Pescado del océano. Se vende en latas con aceite o agua. En la televisión, usan el personaje de Charlie para anunciarlo.
17. Animales que viven en el océano. Producen perlas.
18. Fruta que no es completamente redonda. Es amarilla o marrón claro por fuera y blanca por dentro.
19. producto largo, frecuentemente de carne de cerdo, que se produce en empresas como Oscar Mayer
24. ingrediente principal de la paella

Actividad 19: ¿Qué quieres tomar? ¿Qué cosas del segundo grupo asocias con las categorías de la primera columna?

1. _____ Aperitivo

2. _____ Primer plato

3. _____ Segundo plato

4. _____ Postre

5. _____ Después del postre

a. aceitunas
b. maní
c. almendras
d. cordero asado con puré de papas
e. cortado
f. duraznos
g. ensalada de lechuga, tomate y cebolla
h. flan

i. langostinos en mayonesa
j. lenguado con verduras
k. sopa de lentejas
l. melón con jamón
m. merluza con arroz
n. pastel
o. sandía
p. sopa de garbanzos

Actividad 20: Hábitos.

Parte A: Contesta estas preguntas sobre tus hábitos alimenticios.

1. ¿Qué comiste ayer? Incluye absolutamente todo. _____

_____

2. ¿Sueles comprar verduras frescas, enlatadas o congeladas? _____

_____

3. ¿Cuántas bebidas que contienen cafeína consumes al día? _____

_____

4. ¿Sueles comer comida de muchas o pocas calorías? _____

_____

5. ¿Cuáles son algunas comidas de alto contenido graso que te gustan? _____

_____

¿Con qué frecuencia sueles comerlas? _____

_____

6. ¿Sueles tomar un refresco dietético y después un postre lleno de calorías? _____

_____

7. Si comes algo tarde por la noche, ¿es liviano (*light*) o pesado? _____

_____

8. ¿Desayunas, almuerzas y cenas todos los días? _____

_____

Parte B: Según tus respuestas de la Parte A, analiza si tienes buenos o malos hábitos alimenticios. ¿Qué puedes hacer para llevar una vida más sana?

_____

_____

_____

_____

Actividad 21: Una receta. Completa la siguiente receta para hacer una tortilla española usando **se** con cada verbo indicado. Por ejemplo, **se pone / se ponen.**

Tortilla española

5 papas grandes, picadas	4 huevos, batidos	sal
aceite de oliva	1 cebolla, picada	

_____ (poner) bastante aceite en una sartén a fuego alto. Mientras _____ (calentar) el aceite, _____ (cortar) cinco papas grandes en rodajas finas. _____ (añadir) sal al gusto. También _____ (picar) una cebolla. _____ (freír) las papas y la cebolla en el aceite caliente hasta que estén doradas y blandas. Mientras tanto, _____ (batir) cuatro huevos bien batidos. _____ (agregar) sal al gusto. Después _____ (quitar) las papas y la cebolla de la sartén y _____ (mezclar) con los huevos. _____ (sacar) la mayor parte del aceite de la sartén dejando sólo un poquito. _____ (echar) todo en la sartén y _____ (poner) a fuego alto. _____ (cocinar) poco tiempo y se le da la vuelta poniendo un plato encima. Después de hacer esto una vez más, _____ (reducir) el fuego y _____ (dejar) cocinar. _____ (servir) la tortilla fría o caliente.

Actividad 22: Los novatos. Los universitarios norteamericanos de primer año (los novatos) suelen engordar entre cinco y ocho kilos durante el primer año. Al final del año, los jeans que llevaban en septiembre ya no les quedan bien. Escribe un artículo corto para un periódico, siguiendo las instrucciones para cada párrafo.

Párrafo 1: Explica el problema. Incorpora frases como **suelen comer, por la noche piden, en las fiestas beben, de muchas calorías.**

_____

_____

_____

_____

Párrafo 2: Dales consejos a los estudiantes para no engordar durante su primer año. Usa frases como **les aconsejo que, es mejor, es necesario, les digo que.**

_____

_____

_____

Párrafo 3: Haz una lista de cinco mandamientos graciosos (*funny*) para no engordar para dárselos a un estudiante de primer año. Escribe las órdenes con la forma de **tú.**

1. _____

_____

2. _____

_____

3. _____

_____

4. _____

_____

5. _____

_____

Capítulo 6

Nuevas democracias

> **NOTE:** Use the subjunctive if there is a change of subject; otherwise, use the infinitive.

Actividad 1: El miedo.

Parte A: Termina estas oraciones sobre el miedo y los acontecimientos desagradables.

1. Teme _____ en la oscuridad. (estar)

2. Tiene miedo de que un gato negro _____ su camino. (cruzar)

3. Tiene miedo de que la policía lo _____ y le _____ la documentación. (parar, pedir)

4. Teme que _____ una guerra nuclear. (haber)

5. Es una lástima que no _____ buenos trabajos para los jóvenes de hoy. (haber)

6. Es una pena que mucha gente _____ de drogas como la cocaína y los esteroides. (abusar)

7. Tiene miedo de _____ solo. (vivir)

8. Es horrible que _____ tanta violencia entre los jóvenes. (existir)

9. Teme no _____ a la persona de sus sueños. (encontrar)

10. Es lamentable que mucha gente _____ los estudios a una edad temprana. (dejar)

Parte B: Ahora, escribe tres oraciones sobre las cosas que tú temes.

1. _____

2. _____

3. _____

Actividad 2: La corrupción. La siguiente carta se publicó en un periódico. Complétala con la forma correcta de los verbos que se presentan. Los verbos están en orden.

Estimados lectores:

Escribo esta carta para expresar mi indignación con los funcionarios del

hacer gobierno. Es lamentable que los funcionarios no _____ nada

contra la corrupción que hay en este gobierno. Es imprescindible que

haber _____ un sistema de controles para mantener la ética laboral.

votar Por un lado, es obligatorio _____ para elegir a quienes nos

van a gobernar, pero por otro, el pueblo espera que el gobierno le

explicar _____ al ciudadano qué hace con su dinero. Por mi parte, me

pagar molesta que nosotros les _____ el sueldo a esos individuos

estar corruptos, que esos funcionarios no _____ en contacto con el

trabajar pueblo y que no _____ para beneficio del pueblo sino para su

propio beneficio. Como padre de familia, temo que nuestra generación les

estar _____ dando un mal ejemplo a nuestros hijos. Lamento que

ocurrir esto _____ y ojalá que se _____ pronto la

solucionar situación.

Un ciudadano como cualquier otro

Actividad 3: Reacciones.

Parte A: Marca **C** si crees que las oraciones son ciertas y **F** si crees que las oraciones son falsas.

1. _____ El nivel de la enseñanza en los Estados Unidos es más bajo cada año.

2. _____ Los americanos gozan (*enjoy*) de un nivel de vida muy alto.

3. _____ El consumo de drogas ilegales es un gran problema para todo el mundo.

4. _____ Los políticos son corruptos.

5. _____ Los grupos como la Organización Nacional del Rifle tienen demasiado poder.

6. _____ En este país necesitamos aclarar nuestros valores y principios morales.

7. _____ Hay separación de Estado e Iglesia en los Estados Unidos.

8. _____ Los políticos gastan demasiado dinero en las campañas políticas.

Parte B: Ahora, comenta sobre las oraciones que marcaste con **C** en la Parte A. Usa frases como **es bueno, es lamentable, me da pena, temo, tengo miedo.**

_____
_____
_____
_____
_____
_____
_____

Actividad 4: Raro o normal.

Parte A: Lee las siguientes oraciones y marca si las acciones son raras, buenas, normales o lamentables.

a. es raro   **b.** es bueno   **c.** es normal   **d.** es lamentable

1. _____ un padre / estar totalmente de acuerdo con las acciones de sus hijos

2. _____ un niño de 12 años / tocar música de Bach

3. _____ un estudiante universitario / tener más de lo necesario para pagar todos sus gastos

4. _____ una mujer con hijos / trabajar fuera de casa

5. _____ una persona / llevar una pistola consigo en los Estados Unidos

6. _____ los jóvenes / rebelarse contra la autoridad

Parte B: Ahora, da tus opiniones sobre estas situaciones y explica tus respuestas.

→ **Es raro que un padre esté totalmente de acuerdo con las acciones de sus hijos porque…**

1. _____
_____

2. _____
_____

3. _____
_____

Continúa →

4. _____

_____

5. _____

_____

6. _____

_____

> *NOTE: Remember to use* **haya, hayas,** *etc.,* + past participle *to refer to the past.*

Actividad 5: Reacciones. Combina las expresiones de la primera columna con los acontecimientos de la segunda para formar oraciones.

Me sorprende que   Edison / inventar la electricidad
Es bueno que   morir tantos indígenas en Guatemala
Es una pena que   Hitler y Mussolini / perder la segunda guerra mundial
Es fantástico que   los españoles / traer enfermedades al continente americano
Es horrible que   los científicos / inventar la energía nuclear
Me alegra que   los indígenas / mostrarles el chocolate a los europeos
    Óscar Arias y Rigoberta Menchú / recibir el Premio Nobel de la Paz

_____

_____

_____

_____

_____

_____

Actividad 6: ¡Qué emocionante!

Parte A: Expresa tus emociones sobre acontecimientos positivos del mundo actual. Escribe sobre el presente o futuro, no sobre el pasado.

1. ¡Es fantástico que _____ .

2. Me alegra que _____ .

3. ¡Qué bueno que _____ .

4. Es maravilloso que _____ .

Parte B: Expresa tus emociones sobre acontecimientos negativos del mundo actual. No escribas sobre el pasado.

1. Es una pena que _____.

2. Lamento que _____.

3. Me molesta que _____.

4. Es una lástima que _____.

Parte C: Ahora expresa dos esperanzas para el futuro.

1. Ojalá que _____.

2. Espero que _____.

Actividad 7: Durante mi vida.

Parte A: Haz una lista de tres acontecimientos positivos y tres negativos que ocurrieron durante tu vida hasta el año pasado. Piensa en cosas como **Todas las universidades les dieron correo electrónico a sus estudiantes; los Estados Unidos participaron en una guerra contra Iraq;** etc.

Positivos	**Negativos**
1. _____	**1.** _____
2. _____	**2.** _____
_____	
3. _____	**3.** _____
_____	_____

Parte B: Ahora, comenta sobre esos acontecimientos. Usa expresiones como **me alegra que, me da pena que, es fantástico que, es una pena que.**

➜ **Me alegra que todas las universidades les hayan dado correo electrónico a sus estudiantes.**

_____

_____

_____

_____

_____

_____

Actividad 8: Observaciones y deseos. Termina estos deseos y observaciones sobre la educación con la forma apropiada de los verbos indicados. Usa el presente del subjuntivo, el pretérito perfecto (*present perfect*) del subjuntivo o el infinitivo.

1. Me alegra...

    _____ a mucha gente de diferentes razas y religiones. (conocer)

    que mis padres me _____ libros en vez de juguetes bélicos. (regalar)

    que mi futuro no _____ límites. (tener)

2. Me sorprende...

    que _____ casas sin libros en el mundo de hoy. (haber)

    que muchas personas no _____ a leer cuando estaban en la escuela primaria. (aprender)

    que _____ adultos analfabetos en nuestra sociedad. (haber)

3. Es una pena...

    que el sistema educativo no _____ para ellos durante su niñez. (funcionar)

    que hoy en día no todos los niños _____ el mismo acceso a la enseñanza. (tener)

    que el país _____ analfabetismo. (tener)

4. Ojalá...

    que los niños _____ libros en el futuro. (tener)

    que de adultos _____ leer. (saber)

    que les _____ los cuentos de Aladino. (encantar)

    que _____ a pensar por sí mismos al leer. (aprender)

Actividad 9: Tu educación. Escribe un párrafo sobre la manera en que te criaron (*raised you*) tus padres. Habla de los puntos buenos y los malos.

➜ **Me alegra que mis padres me hayan dejado... A la vez me molesta que ellos no...**

_____

_____

_____

NOMBRE _____ FECHA _____

_____

_____

_____

_____

Actividad 10: Situaciones políticas. Da ejemplos de las siguientes situaciones políticas. No es necesario escribir oraciones completas.

1. tres países con inestabilidad política en la actualidad _____

_____

2. tres países con estabilidad política hoy en día _____

_____

3. un país que tuvo un golpe de estado recientemente _____

4. un lugar donde hay dictadura _____

5. un asunto político importante hoy en día en los Estados Unidos _____

_____

6. un país donde se violan los derechos humanos _____

7. grupos que sufren de discriminación racial _____

_____

8. tres mujeres políticas importantes _____

_____

Actividad 11: ¿Cierto o falso?
Parte A: Marca si crees que las siguientes oraciones son ciertas (C) o falsas (F).

1. _____ Costa Rica tiene más profesores que policías.

2. _____ Tanto Panamá como Costa Rica no tienen fuerzas militares.

3. _____ En Argentina existe separación entre el Estado y la Iglesia, pero para ser presidente hay que ser católico.

4. _____ La CIA participó en el golpe de estado de Chile en 1973 para derrocar a Allende, un presidente elegido democráticamente.

5. _____ Durante los años 80 y principios de los 90, Gabriel García Márquez, ganador del Premio Nóbel de Literatura, no pudo entrar en los Estados Unidos.

6. _____ En las primeras elecciones después de la muerte de Francisco Franco, las campañas electorales en España duraron solamente tres semanas.

Parte B: Todas las oraciones de la Parte A son ciertas. Escribe tus opiniones sobre esos datos históricos. Usa frases como **me sorprende que, es una lástima que, es bueno que,** etc.

1. _____

   _____

2. _____

   _____

3. _____

   _____

4. _____

   _____

5. _____

   _____

6. _____

   _____

Actividad 12: ¿Qué opinas de la política? Di si **te sorprende,** si **te da lástima** o simplemente si **no te importa** cuando las siguientes situaciones ocurren en los Estados Unidos. Justifica tu opinión.

→ Gastan más de 10 millones de dólares en una campaña electoral para ser congresistas federales.

Me sorprende que gasten 10 millones de dólares... porque...

1. Un político paga pocos impuestos. _____

   _____

2. Hay corrupción en muchos sectores del gobierno. _____

   _____

3. Los candidatos presidenciales gastan cientos de millones de dólares en su campaña electoral.

_____

_____

4. Un político tiene una aventura amorosa. _____

_____

5. Otro país contribuye dinero a la campaña electoral de un candidato. _____

_____

Actividad 13: Los pros y contras. Comenta los pros y los contras de las siguientes ideas. Usa frases como **es bueno/malo que, es una pena que, es una lástima que, es lamentable que, es una vergüenza que, es fantástico que, espero que, ojalá.**

1. Las campañas electorales deben durar sólo tres semanas.

Pro	Contra
_____	_____
_____	_____
_____	_____

2. Hay que censurar ciertas ideas porque si no, la sociedad sufre una decadencia moral.

Pro	Contra
_____	_____
_____	_____

3. El voto debe ser obligatorio.

Pro	Contra
_____	_____
_____	_____

Continúa →

4. Una junta militar es mucho más eficiente que una democracia.

Pro   **Contra**

_____   _____

_____   _____

_____   _____

Actividad 14: Prioridades.

Parte A: Existen y siempre han existido problemas en el mundo. Lee la siguiente lista y pon los problemas en orden numérico, del más importante (1) al menos importante (7) para ti.

a. _____ la venta de armas de países como los Estados Unidos, Rusia, Alemania o Japón al Tercer Mundo

b. _____ la destrucción del medio ambiente, especialmente la de las zonas tropicales como la selva amazónica

c. _____ el alto número de analfabetos

d. _____ la falta de comida

e. _____ la violación de los derechos humanos

f. _____ la discriminación racial y religiosa

g. _____ la corrupción de los gobiernos y la influencia de las compañías multinacionales

Parte B: Ahora, explica qué puede hacer el gobierno de los Estados Unidos para ayudar a mejorar lo que marcaste como el problema más serio de la Parte A. Usa expresiones como **es necesario, es importante, quiero, espero, ojalá.**

_____

_____

_____

_____

_____

NOTE: *Look at other crosswords in this workbook to see "tricks" to writing clues in Spanish.*

Actividad 15: Un crucigrama Escribe posibles pistas para este crucigrama. Es posible empezar tus pistas de una de las siguientes formas: **Es una persona que..., Es el acto de..., Es cuando...**

Horizontal

5. _____

7. _____

8. _____

10. _____

11. _____

13. _____

14. _____

Continúa →

Vertical

1. _____

2. _____

3. _____

4. _____

6. _____

9. _____

12. _____

15. _____

Actividad 16: Miniconversaciones. Termina estas conversaciones con el infinitivo o la forma apropiada del indicativo o del subjuntivo del verbo indicado.

1. —¿Qué opinas sobre el nuevo gobierno?

   —Es posible que _____ un buen programa doméstico. (establecer)

   —Otra cosa, no creo que _____ igual de corrupto que el gobierno anterior. (ser)

2. —No cabe duda de que _____ a tener éxito la campaña electoral de María Ángeles Pérez Galván. (ir)

   — Sí, cada día es más popular. Es obvio que _____ a ganar. (ir)

   —No sé. Faltan siete días para el debate televisivo. Es probable que el otro candidato

   _____ más soluciones para los problemas domésticos. (ofrecer)

   —Pero, ¿crees que él las _____ a cabo? (llevar)

   —Obviamente no. Ningún político hace lo que promete.

3. —¿Oíste que el dueño de la compañía REPCO niega que actualmente

   _____ o que _____ en el pasado algún tipo de discriminación contra la mujer? (existir, existir)

   —Está claro que él _____ . El récord de esa compañía es pésimo. Siempre hay demandas contra ellos. (mentir)

Actividad 17: De acuerdo o no.

Parte A: Marca si estás de acuerdo o no con las siguientes oraciones. Escribe la palabra **sí** si la oración refleja tus pensamientos; escribe **no** si no los refleja.

1. _____ Se gasta demasiado dinero en las campañas electorales.

2. _____ Hay menos discriminación racial en los Estados Unidos que en Europa.

3. _____ Los Estados Unidos invierten demasiado dinero en gobiernos de otros países.

4. _____ Puede haber un golpe de estado en los Estados Unidos en el futuro próximo.

5. _____ Se debe censurar la pornografía en los Estados Unidos.

6. _____ En los Estados Unidos existe total libertad de prensa.

Parte B: Ahora escribe oraciones sobre tus opiniones de la Parte A. Si escribiste **sí**, usa expresiones como **es cierto que, es evidente que, no cabe duda que, creo que.** Si escribiste **no,** usa expresiones como **no creo que, no es posible que, no es verdad que.**

1. _____

_____

2. _____

_____

3. _____

_____

4. _____

_____

5. _____

_____

6. _____

_____

Actividad 18: Tu profesor/a.

Parte A: Escribe tres oraciones con datos de los cuales estás seguro/a acerca de la vida de tu profesor/a.

→ **Estoy seguro/a de que mi profesor/a tiene título universitario.**

1. _____

_____

2. _____

_____

3. _____

_____

Parte B: Ahora escribe tres dudas que tienes sobre las acciones de tu profesor/a y sus actividades.

→ **Dudo que mi profesor/a haya trabajado en el Cuerpo de Paz.**

1. _____

_____

2. _____

_____

3. _____

_____

Actividad 19: Gente famosa. Forma oraciones sobre gente famosa. Usa pronombres relativos en las oraciones.

→ **Federico García Lorca fue un autor que escribió poemas y dramas;
lo asesinaron durante la guerra civil española.**

1. Rosa Parks activista / sentarse en la parte delantera de un autobús para protestar contra la

discriminación _____

_____

2. Georgia O'Keefe artista / pintar cuadros de flores y escenas del suroeste de los Estados

Unidos _____

_____

3. Alvin Ailey coreógrafo / llevar muchas innovaciones al mundo del baile _____

_____

_____

4. Lucille Ball comediante / hacernos reír con sus programas de televisión _____

_____

5. Jesse James ladrón / robar bancos en el oeste de los Estados Unidos _____

_____

Actividad 20: Un discurso.

Parte A: Termina el siguiente discurso dado por un político después de haber cumplido un año en el poder. Escribe las formas correctas del subjuntivo, indicativo o infinitivo de los verbos indicados. En algunos casos, debes elegir entre dos opciones y escribir la palabra o palabras lógicas en los espacios.

Después de un año con el partido Alianza Común, espero que Uds. _____

(estar) contentos con los cambios. No queremos decepcionar a la gran mayoría de los

ciudadanos _____ (que/quienes) votaron por AC.

Cuando los militares, _____ (que/quienes) aterrorizaron al pueblo,

dejaron de gobernar, tuvimos un renacimiento de ideas y de libertades. Es fantástico que ahora

Uds. _____ (poder) vivir en paz, que _____ (tener) voz en

todos los aspectos del gobierno y que sus opiniones y necesidades _____

(formar) la base de nuestro gobierno de hoy y del futuro.

Durante mi primer año, hemos logrado muchos triunfos. Me alegra:

• que el año pasado, el partido Alianza Común _____ (construir) 1.650

casas para gente necesitada,

• que el mes pasado, AC _____ (iniciar) programas preescolares y

prenatales,

• que durante el año se _____ (abrir) 50 fábricas nuevas,

• que en sólo 12 meses _____ (bajar) el desempleo al 7,8%,

• que a través de este año, el gobierno _____ (respetar) los derechos

humanos de toda su gente.   Continúa →

Estoy seguro de que Uds. _____ (apoyar) los objetivos de Alianza

Común. No les quiero _____ (mentir). El progreso no ocurre de la noche a la

mañana, pero los programas _____ (que/quienes) hemos iniciado, poco a

poco, van a contribuir al progreso. Espero _____ (poder) cumplir con mis

promesas.

El cumpleaños de mi hija, _____ (que/quien) todavía está en la escuela

primaria, fue ayer, y durante su fiesta, vi en su cara y sus ojos el futuro de nuestra nación.

Es verdad que nosotros les _____ (deber) a los niños un futuro seguro y sin

preocupaciones. Ojalá que nosotros les _____ (poder) dar un buen futuro.

Con la ayuda y apoyo de Uds., podemos convertir los sueños en realidad.

Parte B: Escribe un discurso de un político o de una mujer política de los Estados Unidos que
habla de lo que hizo él/ella mismo/a o su partido el año pasado. Puede ser a nivel local, estatal
o nacional. Usa el discurso de la Parte A como modelo e incluye cosas que hizo y promesas
que espera cumplir.

_____

_____

_____

_____

_____

_____

_____

_____

_____

_____

_____

_____

_____

_____

Capítulo **7**

Nuestro medio ambiente

Actividad 1: Verano o invierno. Categoriza las siguientes actividades.

acampar   hacer alas delta   hacer esquí nórdico   jugar al basquetbol
bucear   hacer esquí acuático   hacer snowboard   jugar al béisbol
escalar   hacer esquí alpino   hacer surf   montar en bicicleta

1. Actividades que se hacen en el verano: _____

_____

2. Actividades que se hacen en el invierno: _____

_____

3. Actividades que se hacen en el océano: _____

_____

4. Actividades que se hacen en un lago: _____

_____

5. Actividades que se hacen en las montañas: _____

_____

Actividad 2: Para ir de camping. Completa esta conversación entre dos compañeros de trabajo que planean un viaje donde van a hacer trekking y piensan hacer camping.

Margarita: Puede haber muchos mosquitos. Sería buena idea comprar un buen

_____.

Gonzalo: Sí, porque si no, nos comen vivos.

Margarita: Es cierto. ¿Qué más?

Continúa →

Gonzalo: Como no vamos a tener electricidad, entonces para leer por la noche necesitamos

una _____.

Margarita: Sí, yo tengo una. Pero también hay que tener _____ extras o

después de la primera o la segunda noche no va a funcionar.

Gonzalo: Es verdad, sólo tengo de las recargables. Puedo comprarlas esta tarde. Hablando

de la noche... ¿y para dormir?

Margarita: Tengo un amigo que tiene una _____ para tres personas. Voy a

ver si nos la puede prestar.

Gonzalo: Y mis amigos tienen dos _____ de plumas.

Margarita: ¡Qué bien! Así no vamos a pasar nada de frío. ¿Algo más?

Gonzalo: Como vamos a estar a mucha altitud y allí el sol pega fuerte, ¿quizás un

_____?

Margarita: Buena idea. Ahhh... y yo tengo una _____ por si acaso

necesitamos cortar algo, abrir una lata de comida, como sabes, siempre se

necesita.

Gonzalo: Bueno, creo que eso es todo.

Margarita: No, nos falta una cosita.

Gonzalo: ¿Qué?

Margarita: Un buen _____ de la zona porque si no lo tenemos, vamos a

perdernos y nosotros tenemos que estar en el trabajo el lunes.

Actividad 3: ¿Con qué frecuencia?

Parte A: Marca con qué frecuencia haces las siguientes actividades relacionadas con el medio
ambiente.

Actividad	Jamás	A veces	A menudo
1. comprar verduras orgánicas	☐	☐	☐
2. usar pilas recargables	☐	☐	☐
3. acampar	☐	☐	☐
4. participar en manifestaciones contra el abuso del medio ambiente	☐	☐	☐

Actividad	Jamás	A veces	A menudo
5. reciclar periódicos, plástico y/o vidrio	☐	☐	☐
6. caminar en vez de manejar	☐	☐	☐
7. apagar las luces al salir de una habitación	☐	☐	☐
8. no desperdiciar papel	☐	☐	☐
9. votar por candidatos que favorecen la protección del medio ambiente	☐	☐	☐
10. no comprar productos de compañías que abusan del medio ambiente	☐	☐	☐

Parte B: Ahora, escribe oraciones basadas en tus respuestas de la Parte A.

➝ Jamás / A veces / A menudo

A menudo compro verduras orgánicas.

1. _____

2. _____

3. _____

4. _____

5. _____

6. _____

7. _____

8. _____

9. _____

10. _____

Parte C: Contesta esta pregunta: ¿Respetas o no el medio ambiente?

_____

_____

_____

Actividad 4: Las gangas. Hay una venta excepcional en una tienda de artículos para acampar. Una persona llama por la tarde para averiguar si todavía tienen las siguientes cosas. Escribe la pregunta de la cliente y la respuesta del vendedor, usando **algunos/as** o **ninguno/a.** Los números entre paréntesis indican la cantidad de cada artículo que todavía tienen en la tienda.

→ bicicletas de montaña (4)

Cliente: **¿Todavía les quedan algunas bicicletas de montaña?**

Vendedor: **Sí, nos quedan algunas.**

1. linternas (3)

Cliente: _____

Vendedor: _____

2. sacos de dormir (0)

Cliente: _____

Vendedor: _____

3. tiendas de campaña (0)

Cliente: _____

Vendedor: _____

4. navajas suizas (7)

Cliente: _____

Vendedor: _____

5. tablas de surf (0)

Cliente: _____

Vendedor: _____

6. bicicletas de carrera (2)

Cliente: _____

Vendedor: _____

7. mochilas (0)

Cliente: _____

Vendedor: _____

8. carteles de animales en peligro de extinción (0)

Cliente: _____

Vendedor: _____

Actividad 5: Una nota. Pablo le lleva unos folletos a su hermana, pero ella no está; entonces le deja la siguiente nota. Complétala con palabras afirmativas y negativas.

Querida Isabel:

Vine a traerte los folletos de Nicaragua pero no había _____

en tu casa y como _____ me has dado llave de tu

apartamento no pude entrar. Por eso pasé _____ folletos por

debajo de la puerta, pero no pude pasarlos todos. Todavía tengo

_____ . Míralos y llámame si quieres más información. Puedes

quedarte con los folletos porque ya no necesito _____ .

¿Piensas ir a Nicaragua sola o con _____ amigo? Es más

divertido si vas con _____ ; _____ en mi

vida pasé unas vacaciones tan divertidas como las que pasé en Nicaragua.

   Llámame esta noche y si no hay _____ en casa, deja un

mensaje en el contestador y te llamo.

Pablo

NOTE: *Certain words denoting occupations are rarely used in the feminine:* **la mujer carpintero.**

Actividad 6: Tu familia.

Parte A: Marca sólo las ocupaciones que tienen diferentes miembros de tu familia.

- ☐ carpintero
- ☐ mecánico/a
- ☐ dentista
- ☐ médico
- ☐ plomero (plumber)
- ☐ fotógrafo/a
- ☐ electricista
- ☐ contador/a
- ☐ psicólogo/a

Parte B: Tus amigos tienen muchos problemas y poco dinero. Por eso, si un pariente tuyo puede prestarles sus servicios a un precio reducido tú los tratas de ayudar. Según tus respuestas de la Parte A, contesta estas preguntas de tus amigos.

➔   Necesito ir al dentista. ¿Conoces a alguien?

Lo siento, no conozco a ningún dentista. / No conozco a nadie.   **Sí, mi primo Charlie es dentista y te puede ayudar.**

Continúa ➔

1. Mi carro no funciona. ¿Conoces a alguien que lo pueda arreglar?

   _____

2. Tengo fiebre y no puedo respirar bien. ¿Conoces a un buen médico?

   _____

3. Pienso comprar una lavadora y tengo que instalar un enchufe (*electrical outlet*) primero. ¿Conoces a alguien que sepa hacerlo?

   _____

4. Mi hijo está muy deprimido y quiero buscarle ayuda. ¿Conoces a alguien?

   _____

5. Llegué a casa y el inodoro no funciona; hay agua por todas partes. ¿Conoces a alguien que pueda venir de inmediato?

   _____

6. Tengo que completar mis impuestos federales y no entiendo nada porque es sumamente complicado. ¿Conoces a alguien que me pueda ayudar?

   _____

7. Pensamos casarnos en febrero y no sabemos quién va a sacar fotos. ¿Conoces a alguien?

   _____

8. Quiero cambiar mi cocina: estoy harto (*fed up*) de tener una cocina fea y vieja. Quisiera una moderna. ¿Conoces a alguien que haga renovaciones?

   _____

Actividad 7: Una persona ideal.

Parte A: Marca las cuatro cualidades que más buscas en un/a compañero/a de apartamento.

☐ ser mujer   ☐ ser ordenado/a

☐ ser hombre   ☐ pagar las cuentas a tiempo

☐ saber cocinar   ☐ respetar tu intimidad (*privacy*)

☐ gustarle hacer fiestas   ☐ no traer amigos a casa

☐ tener televisor   ☐ no tenerles alergia a los gatos

> **NOTE:** *Use the indicative to describe the known and the subjunctive to describe something that may or may not exist.*

Parte B: Ahora, usa las cualidades que marcaste en la Parte A y escribe un anuncio clasificado (*want ad*) para encontrar un/a compañero/a de apartamento. Divide el anuncio en tres partes: una frase que indique para qué es el anuncio, dos o tres frases que describan cómo eres tú, cuatro frases que indiquen qué buscas en un/a compañero/a.

Busco una persona que quiera compartir un apartamento de dos dormitorios. _____

_____

_____

_____

_____

_____

_____

> ***NOTE:*** *Use a form of* **haya** + past participle *to refer to possible past actions.*

Actividad 8: Tus amigos. Completa las preguntas sobre tus amigos con la forma apropiada del verbo indicado y después contéstalas.

→ ¿Conoces a algún estudiante que **tenga** perro? (tener)

Sí, mi amigo Bill tiene perro.   **No, no conozco a ningún estudiante que tenga perro.**

1. ¿Conoces a alguien que _____ hablar japonés? (saber)

_____

2. ¿Conoces a alguien que _____ en Suramérica el año pasado? (estudiar)

_____

3. ¿Tienes alguna amiga que _____ surf? (hacer)

_____

4. ¿Sueles comer con alguien que _____ vegetariano? (ser)

_____

5. ¿Conoces a alguien que ya _____ un buen trabajo para el verano que

viene? (conseguir) _____

_____

Actividad 9: ¿Hay o no hay? Primero haz preguntas usando las siguientes frases y después contéstalas para dar tus opiniones.

→   muchos jóvenes / beber y manejar

A: ¿Crees que haya muchos jóvenes que beban y manejen?

B: Sé que hay jóvenes que beben y manejan, pero yo no conozco a nadie que beba y maneje.

B: Sí, hay muchos que beben y manejan.

1. muchas personas / ser completamente honradas

¿ _____ ?

_____

_____

2. padres / no comprarles juguetes bélicos a sus hijos

¿ _____ ?

_____

_____

3. mucha gente / tener un arma en su casa

¿ _____ ?

_____

_____

4. mujeres de más de 50 años / poder tener hijos

¿ _____ ?

_____

_____

5. muchos estudiantes / pagar más de $35.000 al año por sus estudios

¿ _____ ?

_____

_____

Actividad 10: Un anuncio. Tu profesor/a de español acaba de ganar la lotería y decidió dejar de enseñar; por eso tu universidad necesita una persona urgentemente. Escribe un anuncio clasificado para encontrar el/la profesor/a ideal.

Buscamos _____

_____

_____

_____

_____

Actividad 11: El lugar perfecto. Termina las siguientes oraciones sobre lugares ideales.

1. Quiero vivir en una casa que _____

_____.

2. Necesito trabajar en una empresa que _____

_____.

3. Si me caso algún día, prefiero pasar mi luna de miel en un sitio donde _____

_____.

4. Después de graduarme, tengo ganas de visitar un país donde _____

_____.

5. Si tengo hijos, quiero criarlos (*raise them*) en un lugar donde _____

_____.

Actividad 12: Pesimismo. Eres un/a estudiante muy pesimista. Critica tu universidad. Usa frases como **no hay ningún/ninguna profesor/a que, no hay nada aquí que, no conozco a nadie que, no hay ninguna clase que.**

1. _____

2. _____

3. _____

4. _____

5. _____

Actividad 13: Tus parientes. Completa las preguntas sobre tu familia con la forma apropiada del verbo indicado y después contéstalas.

→ A: ¿Hay alguien de tu familia que **viva** en otro país? (vivir)

B: **Sí, mi hermana está en el ejército en Alemania.**   B: **No, no hay nadie de mi familia que viva en otro país.**

1. ¿Hay alguien de tu familia que _____ más de cien años? (tener)

   _____

2. ¿Hay alguien de tu familia que _____ en un asilo de ancianos? (vivir)

   _____

3. ¿Hay alguien de tu familia que _____ casado más de cincuenta años?

   (llevar) _____

   _____

4. ¿Hay alguien de tu familia que _____ presidente de una compañía en

   el pasado? (ser) _____

   _____

5. ¿Hay alguien de tu familia que _____ como voluntario? (trabajar)

   _____

6. ¿Hay alguien de tu familia que _____ embarazada ahora mismo?

   (estar) _____

7. ¿Hay alguien de tu familia que _____ en esta universidad?

   (graduarse) _____

   _____

REMEMBER: *If actions are pending, use the subjunctive; if they are habitual or completed, use the indicative.*

Actividad 14: La publicidad. Completa estas oraciones para hacer anuncios publicitarios.

1. Todos los días después de que _____ a casa, tomamos un refrescante vaso de Jugo Tropical y nos sentimos mejor. (llegar)

2. Mañana cuando _____, relájese y revitalice su cuerpo con Gel de Vitaliz, tratamiento para la piel con aloe y lanolina. (ducharse)

3. Esta noche mientras Ud. _____ sentado en su sillón favorito para mirar la tele, goce de un masaje personal con los dedos mágicos de Manos Suecas. (estar)

4. Cuando _____ grabar un programa, ¿te resulta difícil programar el video? ¿Lees las instrucciones hasta cansarte y _____ el control remoto contra la pared? ¡Compra Mandofácil! El control remoto que resuelve tus problemas. (querer, tirar)

Actividad 15: Mis sueños. Di cinco cosas que piensas hacer en un futuro próximo.

→ tener vacaciones

Cuando tenga vacaciones, voy a trabajar como voluntario/a en un hospital.

1. graduarme _____

_____

2. empezar un trabajo nuevo _____

_____

3. mudarme a otra ciudad _____

_____

4. ver a mis abuelos _____

_____

Actividad 16: El futuro. Forma oraciones sobre tu futuro usando las siguientes expresiones.

→ buscar un trabajo fijo (después de que)

Voy a buscar un trabajo fijo después de que pase un año viajando por Europa.

1. tener hijos (cuando)

_____

2. seguir estudiando (después de que)

_____

3. trabajar (hasta que)

_____

4. jubilarme (tan pronto como)

_____

Actividad 17: Antes, ahora y en el futuro.

Parte A: Escribe un párrafo de cómo era tu vida antes de entrar a esta universidad usando las siguientes expresiones de tiempo: **cuando, en cuanto, después de (que), hasta (que), tan pronto como.**

↪ **Nunca estudiaba. Tan pronto como llegaba a casa comía algo y salía con mis amigos. No me preocupaba mucho por mis notas...**

_____

_____

_____

_____

Parte B: Ahora, explica cómo es tu vida universitaria usando las mismas expresiones de la Parte A.

↪ **Todos los días yo asisto a clase. Después de...**

_____

_____

_____

_____

Parte C: Finalmente, usando las mismas expresiones, cuenta cómo va a ser tu vida después de que termines la universidad.

↪ **Cuando termine mis estudios... después de que... hasta que...**

_____

_____

_____

_____

Actividad 18: ¿Cuánto sabes?

Parte A: Marca con una **C** las oraciones que crees que son ciertas y con una **F** las que crees que son falsas.

1. _____ En la ciudad de México, la contaminación llega a niveles tan altos que hay gente que vende aire fresco en la calle. Cuesta un poco más de un dólar por minuto.

2. _____ En los Estados Unidos se recicla menos del 10% de los productos hechos de plástico.

3. _____ Los norteamericanos desperdician el 10% de la comida que compran en el supermercado.

4. _____ El 25% de las especies de animales están en peligro de extinción en los próximos 25 años.

5. _____ En un día típico, un norteamericano usa 70 kilovatios mientras un latinoamericano usa sólo 3.

6. _____ Cada persona que recicla periódicos durante un año evita la destrucción de cuatro árboles.

7. _____ Con sólo plantar un árbol que dé sombra cerca de una casa, se puede reducir el costo del aire acondicionado a la mitad.

8. _____ Un norteamericano típico usa 7,5 millones de galones de agua en su vida.

9. _____ El 89% de los universitarios norteamericanos de primer año dicen que el medio ambiente ocupa el primer lugar dentro de sus preocupaciones.

Parte B: Todas las oraciones de la Parte A son ciertas. ¿Qué puedes hacer tú como individuo para proteger el medio ambiente? Usa los siguientes verbos en tus respuestas.

1. no desperdiciar: _____

_____

2. reducir: _____

_____

3. no desechar: _____

_____

4. reemplazar: _____

_____

Actividad 19: El ecoturismo. Quieres hacer un viaje de ecoturismo a una zona remota del río Amazonas en Perú. El único problema es que no quieres ir solo/a. Escribe un anuncio explicando qué tipo de compañero/a buscas.

Quiero hacer un viaje al río Amazonas en Perú. Quiero ir con una persona que me acompañe,

que _____

_____

_____

_____

_____

Actividad 20: Las referencias.

Parte A: Lee la siguiente nota que dejó Mariana para su compañero de apartamento y después contesta las preguntas.

> Rogelio:
>
> Lo siento pero no **te** pude comprar la linterna que querías. Le dije a Alberto
> que **te la** comprara, pero él tampoco pudo. Así que mañana cuando recoja tu ropa de
> la lavandería prometo conseguír**tela**. **Les** quería pedir un favor a ti y a
> 5   Marcos. ¿Podrían mandar**me** un paquete? Tiene que salir mañana y sé que Uds.
> trabajan cerca del correo. Es un regalo para mi madre; **se lo** compré hace mucho
> tiempo, pero tengo que mandár**selo** mañana porque su cumpleaños es el viernes. Dile
> a Marcos que **le** busqué el artículo que quería, pero que no lo encontré. Voy a intentar
> buscár**selo** en otra biblioteca.
> 10   Perdón y gracias,
>   *Mariana*

¿A qué, a quién o a quiénes se refieren las siguientes palabras?

1. **te** en la línea 2: _____

2. **te la** en la línea 3: _____ _____

3. conseguír**tela** en la línea 4: _____ _____

4. **Les** en la línea 4: _____

5. **me** en la línea 5: _____

6. **se lo** en la línea 6: _____ _____

7. mandár**selo** en la línea 7: _____ _____

8. **le** en la línea 8: _____

9. buscár**selo** en la línea 9: _____ _____

Parte B: Completa la nota que Rogelio dejó para Mariana con pronombres de complementos directo e indirecto.

Mariana:

Claro que _____ puedo mandar el paquete a tu madre. ¿Qué _____ compraste? ¿Te acuerdas de la pulsera que compré hace un par de meses en Taxco? _____ _____ regalé a mi madre el sábado pasado y le fascinó. _____ dije a Marcos que no habías encontrado el artículo que quería. Me dijo que ya _____ había encontrado en Internet, pero de todas formas _____ manda las gracias por haber buscado. En cuanto a la linterna que quiero comprar… Mi hermano _____ _____ va a conseguir en una tienda cerca de donde vive él. _____ veo esta tarde.

Besos,

Rogelio

Actividad 21: Preparaciones. Contesta las preguntas de Ricardo sobre un viaje de andinismo (*mountain climbing*) que Ana y él están organizando. Usa pronombres de complementos directo e indirecto cuando sea posible.

Ricardo: ¿Ya compraste los boletos?

Ana: Sí, _____.

Ricardo: ¿Y le mandaste el dinero para la reserva a la agencia?

Ana: Sí, _____.

¿Tú le pediste los sacos de dormir a Gonzalo?

Ricardo: No, no _____.

Ana: ¿Cuándo vas a hacerlo?

Ricardo: _____.

Oye, ¿me compraste la navaja suiza que te pedí?

Ana: No, pero voy a _____.

Ricardo: Bueno, creo que es todo.

Ana: Hay una cosita más. ¿Te entregaron el pasaporte?

Ricardo: Sí, por fin _____.

Actividad 22: ¡Qué desperdicio!

Parte A: Estás harto/a del abuso del medio ambiente en tu universidad y piensas escribir una carta al periódico universitario para quejarte. Primero, haz una lista de los cuatro abusos que más te molestan.

→ **Todo lo que venden en las cafeterías está envuelto en papel. No hay nadie que use las escaleras; siempre usan los ascensores.**

1. _____

2. _____

3. _____

4. _____

Parte B: Ahora, escribe soluciones posibles para los abusos que mencionaste en la Parte A.

1. _____

_____

2. _____

_____

3. _____

_____

4. _____

_____

Parte C: Ahora escribe tu carta, comenzando con la siguiente oración:

Parece que no hay nadie en esta universidad que respete el medio ambiente.

_____

_____

_____

_____

_____

_____

_____

_____

_____

_____

_____

_____

_____

_____

_____

_____

_____

_____

_____

_____

_____

_____

_____

_____

_____

_____

_____

Capítulo 8

Hablemos de trabajo

Actividad 1: Definiciones. Define las siguientes palabras que tienen que ver con el empleo.

1. el salario mínimo _____

_____

2. el aguinaldo _____

_____

3. los días feriados _____

_____

4. la licencia por maternidad _____

_____

5. una solicitud de empleo _____

_____

Actividad 2: El día laboral.

Parte A: Escribe **sí** si estás de acuerdo y **no** si no estás de acuerdo con las siguientes oraciones.

1. _____ En los Estados Unidos, un hombre y una mujer ganan la misma cantidad de dinero si tienen el mismo trabajo.

2. _____ El gobierno debe aumentar el salario mínimo para que los trabajadores puedan vivir con dignidad.

3. _____ Un empleado sólo debe recibir aguinaldo si su trabajo es excepcional.

4. _____ En los últimos veinte años, los ingresos han subido más que la inflación. Por eso la clase media goza de un mejor nivel de vida.

Continúa →

5. _____ En un país democrático, tener seguro médico estatal es un derecho de todo ciudadano.

6. _____ Es mejor bajar los sueldos de todos los empleados que despedir a algunos.

7. _____ Si hay que despedir a alguien, debe ser la última persona empleada.

Parte B: Reacciona a una de las oraciones de la Parte A, diciendo por qué estás o no estás de acuerdo con la idea expresada.

_____

_____

_____

_____

_____

_____

NOTE: *If you already have a summer job or do not plan on working this summer, do* **Actividad 3** *as if you were searching for a job.*

Actividad 3: En busca de empleo.
Parte A: Contesta estas preguntas.

1. ¿Qué trabajo buscas para este verano? _____

_____

2. ¿Quieres trabajar tiempo completo o medio tiempo? _____

_____

3. ¿Cuánto te gustaría ganar al mes? _____

4. ¿Quieres tener algunos beneficios laborales? ¿Cuáles? _____

_____

5. ¿Va a ser fácil o difícil encontrar el trabajo que quieres? _____

_____

6. ¿Hay más oferta que demanda de personas en estos puestos? _____

_____

7. ¿Cómo vas a buscar el trabajo? ¿A través de amigos? ¿En los avisos clasificados? ¿En la oficina de empleo de tu universidad? _____

_____

Parte B: ¿Cuáles de estas cosas has hecho ya y cuáles tienes que hacer todavía para conseguir un trabajo para este verano?

1. escribir un curriculum

_____

2. pedir por lo menos tres cartas de referencia

_____

3. completar solicitudes

_____

4. tener entrevistas

_____

Actividad 4: Los beneficios.

Parte A: Numera los siguientes beneficios laborales del más importante (1) al menos importante (9) para un/a empleado/a.

_____ recibir aguinaldo   _____ tener licencia por matrimonio

_____ tener guardería en el trabajo   _____ tener seguro de vida

_____ tener libres los días feriados   _____ tener seguro dental

_____ tener licencia por enfermedad   _____ tener seguro médico

_____ tener licencia por maternidad

Parte B: Ahora, explica por qué seleccionaste los dos beneficios más importantes (1 y 2) y los dos menos importantes (8 y 9) de la Parte A.

_____

_____

_____

_____

_____

_____

Actividad 5: El español y el empleo.

Parte A: ¿Qué tipo de empleo piensas buscar después de terminar tus estudios?

_____

Parte B: Se dice que saber un idioma es muy ventajoso al buscar trabajo. En los Estados Unidos, uno de cada seis empleados tiene un trabajo conectado con la exportación o la importación de productos. También es verdad que hay muchas personas de habla española que residen en este país. Ten en cuenta esto y tus futuros planes para terminar las siguientes oraciones.

Tomo clases de español...

1. en caso de que _____

2. para que _____

3. para _____

Actividad 6: Las reglas. En cada trabajo hay reglas. Forma oraciones sobre las reglas que existen.

1. Los camareros se lavan las manos para que _____

_____

2. Los periodistas pueden revelar quiénes son sus fuentes de información (*informants*)

siempre y cuando _____

_____

3. Los empleados de oficina no pueden faltar al trabajo por enfermedad más de tres días

seguidos sin que _____

_____

4. Los psicólogos no deben hablar de los problemas de sus pacientes sin _____

_____

Actividad 7: La búsqueda de trabajo. Muchas personas empiezan a buscar trabajo de verano durante el año escolar. Termina estas oraciones con ideas originales que se podrían oír entre los universitarios.

Me van a ofrecer un trabajo...

1. antes de que yo _____

2. para que yo _____

3. para _____

4. siempre y cuando _____

5. sin _____

6. a menos que yo _____

Voy a aceptar el trabajo...

7. a menos que la empresa _____

8. para _____

9. con tal de que ellos _____

10. sin _____

11. a menos que yo _____

12. siempre y cuando _____

Actividad 8: Planes. Imagínate que te ofrecieron un trabajo en un pueblo que está en medio de la nada. Explica bajo qué condiciones vas a aceptar el trabajo.

Voy a aceptar el trabajo...

1. con tal de que _____

2. en caso de que _____

3. a menos que _____

Actividad 9: La crianza. Contesta estas preguntas sobre la crianza de los niños. (Si ya tienes hijos, escribe sobre tus futuros nietos.) Incorpora la conjunción indicada en tu respuesta.

Si algún día tienes hijos,...

1. ¿vas a regalarles juguetes bélicos? (para que) _____

_____

2. ¿les vas a dar información sobre enfermedades como el SIDA (*AIDS*)? (a menos que)

_____

_____

3. ¿piensas darles educación religiosa? (para que) _____

_____

4. ¿vas a mandarlos a una escuela pública o privada? (a menos que) _____

_____

Continúa ➜

5. ¿quieres que trabajen mientras estudien en la escuela secundaria? (con tal de que)

_____

_____

Actividad 10: ¿Qué dijo? Escribe esta conversación en estilo indirecto (*reported speech*) usando el pasado.

Ana: ¿Piensas ir al cine el sábado?

Marcos: No sé, ¿por qué?

Ana: Van a poner una serie de películas con Benicio del Toro.

Marcos: Puede ser interesante. ¿Has invitado a Paco?

Ana: Lo llamé pero no lo encontré en casa. Le dejé un mensaje y va a llamarme.

Marcos: ¡Uy! No va a poder ir.

Ana: Ah, es verdad. Tiene que trabajar los sábados por la noche.

Ana le preguntó a Marcos si _____ ir al cine el sábado. Él le contestó que no

_____ y le preguntó por qué. Ella le explicó que _____ a

poner una serie de películas de Benicio del Toro. Marcos le dijo que _____

ser interesante y le preguntó si _____ a Paco. Ella le respondió que lo

_____ pero que no lo _____ en casa. Añadió que le

_____ un mensaje y que él _____ a llamarla. Marcos dijo

que Paco no _____ a poder ir y Ana estuvo de acuerdo y dijo que Paco

_____ que trabajar los sábados.

Actividad 11: En la oficina. Juan le cuenta a una compañera de trabajo lo que dijo su jefe usando el estilo indirecto.

Lo que dijo el jefe

Lo que Juan le dice a su compañera

1. "No quiero tener más problemas con el sindicato."

Dijo que _____

_____

_____

2. "Sé que hubo problemas en el pasado con algunas personas."

Me comentó que _____

_____

_____

3. "Asistí a un curso corto de relaciones públicas y aprendí mucho."

Añadió que _____

_____

_____

4. "Todos van a recibir un aumento de sueldo del 3,8% y voy a invertir dinero en programas nuevos de computación."

Admitió que _____

_____

_____

5. "Pienso ser más comprensivo en el futuro."

Explicó que _____

_____

_____

6. "¿Me has entendido? ¿Tienes alguna sugerencia?"

Me preguntó si _____

_____

_____

Actividad 12: Se busca vendedor/a. Acabas de entrevistar a una mujer para un puesto de vendedora en tu empresa y tienes que escribir un informe sobre la entrevista. Usa **ni... ni, ni siquiera** y **o... o** cuando sea posible.

Requisitos para el puesto

escribir a máquina 60 palabras por minuto
WordPerfect y Lotus en IBM
tres años de experiencia en una empresa
terminología médica y legal
hablar francés y alemán

Experiencia y conocimientos de Victoria Junco

escribir a máquina 60 palabras por minuto
Microsoft en Macintosh
un año de experiencia en la biblioteca de la
  universidad
hablar italiano
tener buena presencia y cartas de referencia
  excelentes

Victoria Junco escribe a máquina 60 palabras por minuto y sabe usar Microsoft en Macintosh,

pero no sabe _____

_____

_____

_____

_____

_____

_____

_____

Actividad 13: ¿Qué pasa? El hijo de la familia Gris, que acaba de cumplir dieciocho años, organizó una fiesta. El padre echa un vistazo (*looks around*) para ver qué tal va la fiesta de su hijo y le cuenta a su esposa lo que está pasando. Escribe qué está diciendo el padre. Usa el **se** reflexivo o recíproco o pronombres de complemento directo cuando sea posible.

1. Ana y Pepe / mirar _____

2. Raúl / mirar / ellos _____

3. Beto / mirar _____

4. Jorge / besar / Laura _____

5. Pablo y Paco / abrazar _____

6. Enrique, Marta y Luz / hablar _____

Actividad 14: La pareja. Piensa en una pareja que conoces bien y contesta estas preguntas.

1. ¿Se besan y se abrazan mucho en público? Si contestas que sí, ¿te molesta o no te importa?

_____

_____

2. ¿Tardan horas en despedirse cada noche? _____

_____

3. ¿Se pelean mucho, a veces o nunca? Si contestas mucho o a veces, ¿lo hacen en público? ¿Te molesta o no te importa? _____

_____

4. ¿Crees que se lleven bien? En tu opinión, ¿deben casarse? ¿Por qué sí o no? _____

_____

_____

Actividad 15: La entrevista. Completa esta parte de una carta donde le cuentas a un amigo cómo te fue en una entrevista. Usa pronombres de complementos directo o indirecto, pronombres reflexivos o recíprocos.

Primero, el director _____ dio la mano y _____ saludó. _____ miramos el uno al otro por unos segundos para rápidamente formar una primera impresión. Después _____ sentamos y _____ hizo una cuantas preguntas sobre mi experiencia laboral; _____ dije que había trabajado para ti y es probable que _____ llame. Cuando _____ hables, quiero que le digas que _____ ayudé con el proyecto en Maracaibo porque eso le va a causar una buena impresión. Más tarde _____ expliqué algunas ideas que tengo sobre cómo mejorar la producción de la compañía. Le mostré un plan de producción y _____ miró con mucho interés. Al terminar la entrevista, él llamó a una colega y _____ hablaron en voz baja durante un par de minutos sobre mis capacidades. Al final _____ despedimos y él me va a llamar la semana que viene. Creo que puedo trabajar para este señor. Él y yo _____ llevamos muy bien.

Actividad 16: El trabajo ideal.
Parte A: Describe en una oración el trabajo de tus sueños. Después, anota tres cosas que nunca has estudiado ni has hecho, pero que te gustaría hacer para estar mejor preparado/a para el empleo de tus sueños.

El trabajo de mis sueños es _____

_____

→ **Nunca he vivido en un país de habla española por un período largo.**

1. _____

_____

Continúa →

2. _____

_____

3. _____

_____

Parte B: Explica tus respuestas de la Parte A. Usa **antes de (que)** y **para** en tus respuestas.

↝ **Antes de solicitar un trabajo en el departamento de marketing de una compañía internacional, quisiera vivir en un país de habla española para poder dominar el idioma y entender la cultura.**

1. _____

_____

2. _____

_____

3. _____

_____

Parte C: Escríbele un email a un/a amigo/a para convencerlo/la de que te acompañe a hacer una de las cosas que mencionaste en la Parte A. Usa frases como **en caso de que, con tal de que, a menos que, sin que** y **para que.**

↝ **¿Has pasado mucho tiempo en Suramérica? Pues yo no, pero me gustaría. Te invito a ir conmigo con tal de que me prometas no hablar inglés nunca. Es que quiero...**

_____

_____

_____

_____

_____

_____

_____

Capítulo 9

Es una obra de arte

Actividad 1: Definiciones. Marca la letra de la definición que mejor describe cada verbo.

1. _____ apreciar
2. _____ burlarse de algo
3. _____ censurar
4. _____ criticar
5. _____ interpretar
6. _____ simbolizar

a. dar dinero para apoyar una exhibición
b. poder gozar de algo por su belleza o su mensaje
c. representar una cosa con otra
d. buscar un significado a base de observación
e. encontrar puntos negativos tanto como positivos
f. poner algo en ridículo
g. prohibir

Actividad 2: La palabra apropiada. Selecciona la palabra correcta y escríbela en el espacio en blanco.

1. Mi tío es un _____ excelente. Cuando crea un animal de cerámica no se le escapa ni un detalle. (artista / artesano)

2. Jason Kidd puede ganar mucho dinero al vender su _____. (imagen / símbolo)

3. Al mirar el cuadro *Las meninas,* la obra maestra de Velázquez, se puede ver un

   _____ del pintor mismo adelante a la izquierda. (retrato / autorretrato)

4. Siempre me gustaba mucho la _____ que hacía Siskel en su programa con Ebert. Ahora Ebert trabaja con Roeper y no my gusta el programa. (censura / crítica)

5. Por ser un _____ de vanguardia, recibió dinero de la Fundación Juan March. Ahora mismo una galería de SOHO tiene una exhibición de sus obras. (artista / mensaje)

6. El _____ de Macintosh es una manzana. (imagen / símbolo)

7. Picasso pintó *Guernica,* su _____ , mientras vivía en París. (obra maestra / autorretrato)

8. Hoy día se venden muchas _____ de cuadros de Frida Kahlo. (reproducciones / paisajes)

Continúa →

9. Nunca entiendo por completo el arte religioso porque usan muchos _____ que yo no conozco. (retratos / símbolos)

10. Cuando veo una obra _____ nunca sé qué quiere expresar el artista. (abstracta / burla)

Actividad 3: La inspiración. Contesta estas preguntas.

1. Se dice que para ser artista uno tiene que sufrir. ¿Estás de acuerdo con esta afirmación?

_____

_____

_____

2. ¿Cuáles son algunas fuentes de inspiración que tienen los artistas?

_____

_____

_____

3. ¿Crees que los grandes artistas hayan tenido habilidad innata? ¿Es posible llegar a ser artista con sólo estudiar?

_____

_____

_____

Actividad 4: Arte popular. Contesta estas preguntas sobre el arte dando tu opinión.

1. Existe un tipo de arte popular que se ve todos los días en el periódico: las tiras cómicas. ¿Cuál es una de las tiras cómicas que más burla hace de los políticos?

_____

_____

2. A veces los periódicos censuran ciertas tiras cómicas por hacer una sátira demasiado directa y ofensiva. ¿Alguna vez te has ofendido por algo que viste en una tira cómica?

Si contestas que sí, explícalo. _____

_____

_____

_____

Si contestas que no, ¿bajo qué circunstancias crees que se deba censurar una tira cómica?

_____

_____

_____

3. En muchos anuncios publicitarios, las imágenes ayudan al público a formar ciertas ideas relacionadas con sus productos. Por ejemplo, algunas compañías que venden crema para la cara quieren que creas que has encontrado la fuente de la juventud. Habla de algún anuncio que hayas visto y las ideas que fomenta.

_____

_____

_____

4. ¿Crees que los anuncios de cigarrillos y alcohol glorifiquen la costumbre de fumar y beber? Da ejemplos para apoyar tu opinión.

_____

_____

_____

Actividad 5: La imagen. Las imágenes que usan en sus anuncios son muy importantes para las compañías grandes. Mira las siguientes partes de anuncios y comenta en qué te hace pensar cada imagen.

→ **La imagen me hace pensar en...**   **Es posible que sea un anuncio para...**

_____

_____

_____

Continúa →

_____

_____

_____

_____

_____

¡Haz la inversión de tu vida!

_____

_____

_____

_____

_____

> **NOTE:** *Form the imperfect subjunctive using the third-person plural of the preterit as the base.*

Actividad 6: Goya.

Parte A: Completa esta descripción de la vida de Francisco de Goya con las formas apropiadas del imperfecto del subjuntivo de los verbos indicados. Los verbos están en orden.

recibir
desarrollar
copiar

Francisco de Goya nació en Fuendetodos en 1746, pero su familia se mudó a Zaragoza cuando Goya era pequeño porque su padre quería que él

_____ una buena educación. Allí aprendió a leer y a

escribir. Después estudió con los jesuitas y un cura le dijo que

_____ su habilidad de dibujar y le sugirió que

_____ los cuadros de Luzán, pintor local de poca

importancia. Muy pronto, asimiló técnicas básicas de pintura y más tarde fue a

Madrid y a Italia para aprender otras técnicas y para tener otras fuentes de inspiración.

entender
ver
representar
conocer
enfrentarse

Como pintor, fue único en su época. En sus *Caprichos,* unos grabados al agua fuerte (*etchings*), obligó al público a que _____ , a través de la sátira, cómo era la sociedad. En 1799, llegó a ser el pintor preferido de los Reyes. Él quería que el pueblo _____ a la familia real tal como era, y por eso la pintó con un realismo que no sólo mostraba las buenas cualidades de la familia sino también sus defectos. Durante una larga vida de 82 años, Goya pasó por épocas difíciles en la historia española. La invasión napoleónica, de principios del siglo XIX dejó horrorizado a Goya y, como resultado, quiso que sus obras _____ toda la angustia producida por la guerra sin glorificarla de ninguna forma. Para otros pintores anteriores a Goya, era imprescindible que la gente _____ los triunfos de las guerras, pero Goya esperaba que su público _____ a la realidad trágica que él vio diariamente durante esa época.

ver

A los 70 años, Goya empezó una serie de obras sobre la tauromaquia, en la cual nos enseña todos los aspectos de la corrida de toros. Más tarde, pintó los *Cuadros negros,* llamados así por ser el negro el color predominante y por un contenido horroroso. Los pintó en las paredes de su casa, La Quinta del Sordo, llamada así porque Goya se quedó sordo a la edad de 46 años. El mundo conoció estos cuadros cincuenta años después de su muerte. Los pintó durante la última parte de su vida, en la cual vio grandes cambios sociales, y durante la cual probó diferentes estilos de pintura. Así logró mostrar la sociedad de aquel entonces tal como era sin que nadie _____ una versión idealizada de la realidad.

Parte B: Contesta estas preguntas.

¿Has visto algunos cuadros de Goya? Si contestas que sí, ¿dónde? ¿Te gustaron? Si contestas que no has visto ninguno, ¿te gustaría verlos?

_____

_____

_____

_____

Actividad 7: Un grabado. Contesta las preguntas sobre este grabado al agua fuerte (*etching*) de Goya, que pertenece a *Los caprichos*. La mujer se mira en un espejo para arreglarse porque hoy cumple 75 años y espera la visita de unas amigas jóvenes.

1. ¿Cuántas personas hay en el grabado y qué hacen?

   _____

   _____

   _____

   _____

   _____

   _____

2. Describe físicamente a la persona principal. Incluye detalles.

   _____

   _____

   _____

Hasta la muerte

3. Según el contenido y el título, ¿en qué quería Goya que pensáramos al ver este grabado?

   _____

   _____

   _____

4. ¿Crees que las mujeres sean vanidosas (*vain*) en cuanto a su apariencia física? Justifica tu respuesta.

   _____

   _____

   _____

5. ¿Crees que los hombres sean vanidosos en cuanto a su apariencia física? Justifica tu respuesta.

_____

_____

_____

Actividad 8: Miniconversaciones. Completa las siguientes conversaciones que se oyeron en una exhibición de arte. Usa el presente del subjuntivo, el pretérito perfecto del subjuntivo o el imperfecto del subjuntivo.

1. —¿Dónde quiere que _____ esta escultura?

—Al lado de la ventana. (poner)

2. —¿Crees que ya _____ la pintora Vargas?

—No sé, no la veo. (llegar)

3. —No entiendo el arte moderno. ¿Qué expresa este cuadro?

—¿Ves esta imagen? Pues, el artista quería que nos _____ cuenta de lo inhumano que puede ser el mundo. (dar)

4. —Esperaba que la galería _____ obras de artes plásticas.

—Yo también. Es una lástima que no lo _____ . (incluir, hacer)

5. —¿Quiere Ud. que le _____ un poco de champaña?

—Sí, por favor. (servir)

6. —¿Por qué pintó al gato de color verde?

—Para que el gato _____ la esperanza que tenía el hombre. (representar)

Actividad 9: Oído en una reunión familiar. Estás en una reunión familiar y escuchas las siguientes frases de gente que está a tu alrededor. Complétalas con la forma apropiada de los verbos correspondientes en el presente del subjuntivo o el imperfecto del subjuntivo.

1. Me alegró que REPSOL le _____ un puesto de tanta responsabilidad a Ramón. (ofrecer)

2. Nos rogó que le _____ la foto de su hermana de cuando ella tenía cinco años. (dar)

3. Dudo que ella _____ una solución a los problemas que tiene con su marido. (encontrar)

4. Tu madre sintió mucho que tú no _____ ir a casa para Navidad. (poder)

Continúa →

5. Les recomendé que _____ a una universidad norteamericana para hacer estudios de posgrado. (asistir)

6. Quiero que tú _____ a los padres de tu novia a comer en casa el sábado. (invitar)

7. Fue una pena que doña Matilde nunca _____ a América para conocer a sus nietos. (viajar)

Actividad 10: Las exigencias. Forma oraciones para decir qué querían o no querían las siguientes personas que tú hicieras.

			aprender a tocar un instrumento musical
	querer		asistir a la universidad
mis padres	esperar		consumir drogas
mi entrenador/a (*coach*)	exigir	que yo	entregar los trabajos a tiempo
mis profesores	insistir en		llegar a tiempo a los entrenamientos
	prohibir		tomar alcohol
			trabajar al máximo
			trabajar durante el verano

1. _____

2. _____

3. _____

4. _____

5. _____

6. _____

7. _____

8. _____

Actividad 11: Las malas influencias. Los años de la adolescencia no son fáciles. Di tres cosas que tus amigos querían que tú hicieras, pero que te negaste a hacer por ser ilegales, malas o simplemente por ir en contra de tus valores personales.

1. Mis amigos querían que yo _____

_____.

2. Mis amigos insistían en que yo _____

_____.

3. Mis amigos esperaban que yo _____

_____.

Actividad 12: Busqué...

Parte A: Marca las cualidades que te importaron al seleccionar una universidad.

☐ el precio de la matrícula

☐ la calidad de la educación

☐ la vida extracurricular

☐ la calidad de las residencias estudiantiles

☐ la reputación de las fiestas

☐ una filosofía liberal

☐ buenos laboratorios

☐ los programas deportivos

☐ el lugar donde estaba

☐ las becas (*scholarships*) posibles

☐ la existencia de un sistema griego (*fraternities and sororities*)

☐ una ciudad universitaria bonita

☐ una filosofía conservadora

☐ un buen sistema de computadoras

Parte B: Ahora, forma oraciones con las cualidades que marcaste en la Parte A. Usa verbos como **ofrecer, tener, estar** y **existir**.

→ **Busqué una universidad que tuviera un buen programa de deportes.**

1. _____

2. _____

3. _____

4. _____

5. _____

6. _____

Actividad 13: Siempre hay cambios.

En los últimos cincuenta años, el mundo ha pasado por muchos cambios, no sólo tecnológicos sino también sociales. Termina estas oraciones sobre los efectos de estos cambios.

1. Cuando se casó mi abuela, ella quería que su esposo _____

_____ .

2. Cuando las mujeres de mi generación se casan, ellas quieren que su esposo _____

_____ .

3. Cuando se casó mi abuelo, él esperaba que su esposa _____

_____ .

4. Cuando los hombres de mi generación se casan, ellos esperan que su esposa _____

_____ .

Continúa →

5. Cuando mis padres eran pequeños, mis abuelos querían que ellos _____

_____ .

6. Los padres de hoy en día quieren que sus hijos _____

_____ .

Actividad 14: El papel del arte.

Parte A: Termina estas oraciones para mostrar el papel del arte en la sociedad, según diferentes puntos de vista.

→ Muchos artistas querían… que su arte / provocar discusión

Muchos artistas querían que su arte provocara discusión.

Muchos artistas querían…

1. que su arte / educar al público

_____

2. que su arte / provocar interés en un tema

_____

3. que su arte / criticar las injusticias sociales

_____

4. que su arte / entretener al público

_____

La Iglesia esperaba...

5. que el arte / inspirar la creencia en lo divino

_____

6. que el arte / inculcar valores morales

_____

7. que el arte / mostrar el camino al cielo

_____

8. que el arte / llevarles la palabra de Dios a los analfabetos

_____

Muchos gobiernos insistían en...

9. que el arte / servir de propaganda

_____

10. que el arte / no contradecir su ideología

_____

11. que el arte / glorificar hechos históricos

_____

12. que el arte / inspirar actos patrióticos

_____

Parte B: En tu opinión, ¿cuál es el papel más importante del arte en la sociedad?

Creo que el papel del arte en la sociedad es principalmente _____

_____

_____

_____

_____

Actividad 15: La voz pasiva. Cambia las siguientes oraciones de la voz activa a la voz pasiva.

→ Seleccionaron a Santiago Calatrava para diseñar la terminal de transporte público del World Trade Center.

Santiago Calatrava fue seleccionado para diseñar la terminal de transporte público del World Trade Center.

1. Velázquez pintó el cuadro *Las meninas.*

_____

2. Miguel Ángel esculpió *La piedad.*

_____

3. Antonio Gaudí creó las esculturas del Parque Güell en Barcelona.

_____

4. Juan O'Gorman hizo el mosaico gigantesco de la Biblioteca de la Universidad Nacional Autónoma de México.

_____

_____

5. Ricky Martin cantó "Livin' la Vida Loca".

_____

Continúa →

6. Frank Gehry diseñó el Museo Guggenheim de Bilbao.

_____

7. Diego Rivera hizo un mural para el Centro Rockefeller en Nueva York, pero Nelson Rockefeller lo cubrió y luego lo quitó porque tenía la imagen de Lenin.

_____

_____

Actividad 16: Opiniones. Termina estas oraciones con el **se pasivo** de los verbos indicados.

1. Con frecuencia _____ las obras de arte que tienen mensajes políticos. (criticar)

2. El mes que viene, _____ las pinturas de Elena Climent en una galería de Nueva York. (exhibir)

3. Muchas veces _____ el arte cuando suben los fascistas al poder. (censurar)

4. En el cuadro, _____ esta figura de muchas maneras diferentes. (poder interpretar)

NOTA: Elena Climent es una artista de ascendencia mexicana que vive en Chicago.

Actividad 17: Climent. Termina este email que le escribió Fernando a su amiga Carolina sobre una exhibición de arte que vio. Rellena los espacios con la forma correcta del verbo indicado. ¡Ojo! Muchos son infinitivos.

Paisaje de Pátzcuaro en blanco y negro, Elena Climent, mexicoamericana (1955–).

```
Normal      ▼  12 ▼  ■ A A A A ≡≡≡≡≡ ≡ ▼  ▩ ▼
```

Querida Carolina:

   Al _____ (entrar) en la galería, me quedé

boquiabierto al ver la exhibición de Elena Climent. ¡Qué talento!

Me encantó _____ (ver) esas pinturas tan realistas que

parecían fotografías. No sé cómo las _____ (hacer) la

artista. Debe _____ (trabajar) con fotografías. Puedo

_____ (imaginar) su estudio: todo lleno de pequeñas

escenas en que se mezclan cosas típicas de la vida diaria como

latas, cartones, libros, una cuchara... cosas que la gente

_____ (usar) todos los días. Y claro, supongo que ella

tiene muchas fotos de diferentes escenas, como un rincón de la cocina

de una casa, una mesita enfrente de una ventana, etc., para luego poder

pintarlas. Es que con un arte tan realista, es imposible

_____ (pensar) que Climent no _____

(pintar) a base de fotos. Debe _____ (tener) algún

modelo y en obras como las suyas, es imprescindible

_____ (trabajar) con fotos.

   No hay que _____ (ser) de ascendencia mexicana para

_____ (apreciar) sus obras, pero es cierto que sí

_____ (reflejar) la cultura mexicana de una época

determinada. Al ver esa exhibición me dieron ganas de ir a México.

Ahora quiero _____ (ver) más obras de artistas mexicanos

y quiero que tú me _____ (acompañar). ¿Quieres

_____ (ir) a México?

Actividad 18: Miniconversaciones. Completa estas conversaciones con las siguientes frases. Sólo se pueden usar una vez.

por casualidad   por lo general   por si acaso
por cierto   por lo menos   por el otro
por ejemplo   por un lado

1. —_____ , el gobierno quiere que nosotros lo apoyemos en todo
   lo que hace.

   —Sí, pero _____ , quiere acabar con todos los programas sociales.

Continúa →

2. —Vi a Fernando hoy.

—¿Tenías cita con él?

—¡Qué va! Lo encontré _____ . No esperaba verlo.

3. —Debes llevar un paraguas.

—¿Por qué? No parece que va a llover.

—A mí me parece que sí. Llévalo _____ .

4. —Cada vuelo que he tomado con esta aerolínea llega tarde.

—Sí, pero _____ nunca te han perdido las maletas y eso es mejor que en otras líneas aéreas.

5. —¿Oíste el último disco compacto que grabó Olga Tañón?

—Sí, es buenísimo. _____ , compré otro disco de ella anteayer.

—¿Cuál?

—*Sobrevivir.*

Actividad 19: Exprésate. ¿Qué es el arte para ti?

_____

_____

_____

_____

_____

_____

_____

_____

_____

_____

_____

_____

_____

_____

Capítulo 10

Las relaciones humanas

Actividad 1: Tu futuro.

Parte A: Marca si estas actividades formarán parte de tu futuro o no.

		Sí	No	Es posible
1.	trabajar en algo relacionado con la educación	☐	☐	☐
2.	vivir en otro país durante un período largo	☐	☐	☐
3.	hacer estudios de posgrado	☐	☐	☐
4.	tener hijos	☐	☐	☐
5.	participar en campañas políticas	☐	☐	☐
6.	dedicar parte de tu tiempo a trabajos voluntarios	☐	☐	☐

Parte B: Ahora, basándote en tus respuestas de la Parte A, escribe oraciones sobre tu futuro.

→ **(No) Trabajaré en algo relacionado con la educación. / Es posible que trabaje en algo relacionado con la educación.**

1. _____

2. _____

3. _____

4. _____

5. _____

6. _____

Actividad 2: Promesas de Año Nuevo.

Parte A: Escribe las promesas que hicieron estas personas para el Año Nuevo.

→   Ana: usar más el transporte público

    Ana usará más el transporte público.

1. Juan: no comer comidas de muchas calorías

   _____

2. Paulina: encontrar trabajo

   _____

3. Julián: dejar de fumar

   _____

4. José Manuel: irse de la casa de sus padres y buscar apartamento

   _____

5. Josefina: mejorar su vida social y hacer nuevos amigos

   _____

6. Jorge: decir siempre la verdad

   _____

7. Marta: ir más al teatro

   _____

8. Angelita: comer menos en restaurantes y así poder ahorrar más dinero

   _____

Parte B: Ahora, escribe tres promesas tuyas para el año que viene.

1. _____

2. _____

3. _____

Actividad 3: ¿Cómo será? Lee estas oraciones sobre cómo era tu vida en la escuela secundaria y predice (*predict*) cómo será la vida de los jóvenes dentro de veinte años.

→ Tardábamos seis horas en viajar de Nueva York a París.

Tardarán dos horas en viajar de Nueva York a París.

1. Veíamos películas en video en casa y teníamos más o menos 50 canales de televisión.

   _____

2. Mandábamos cartas por correo y tardaban más o menos dos días en llegar de una ciudad a otra.

   _____

   _____

3. Llevábamos pantalones muy grandes y zapatos de Doc Marten.

   _____

4. Pagábamos en las tiendas con dinero o tarjetas de crédito.

   _____

5. Usábamos llave para entrar en las casas.

   _____

6. Nos hacíamos tatuajes.

   _____

Actividad 4: La herencia genealógica.

Parte A: Piensa en tus parientes mayores y marca cuáles de estas características los describen.

☐ ser calvos   ☐ tener pelo canoso
☐ ser gordos   ☐ ser delgados
☐ ser activos   ☐ ser sedentarios
☐ ser musculosos   ☐ ser débiles
☐ tener arrugas   ☐ no tener arrugas
☐ llevar gafas   ☐ tener vista perfecta

Parte B: Ahora, predice cómo serás tú en el futuro.

_____

_____

_____

_____

_____

Actividad 5: Problemas actuales y futuros. Actualmente hay una serie de problemas bastante graves en el mundo, pero lo que no sabemos es si estas situaciones mejorarán. Expresa opiniones optimistas y pesimistas sobre las siguientes ideas.

→ la contaminación ambiental

Optimista: **No creo que haya contaminación ambiental en el futuro. En mi opinión, usaremos carros que no emitan gases tóxicos.**

Pesimista: **Creo que siempre habrá contaminación ambiental.**

Problemas actuales:

1. haber violencia en las ciudades

2. haber muchos niños que no tienen casa

3. la televisión tener un impacto negativo

4. existir un agujero en la capa de ozono

5. caer lluvia ácida

1. Optimista: _____

_____

Pesimista: _____

2. Optimista: _____

_____

Pesimista: _____

3. Optimista: _____

_____

Pesimista: _____

4. Optimista: _____

_____

Pesimista: _____

5. Optimista: _____

_____

Pesimista: _____

Actividad 6: ¿Qué harían? Lee las siguientes situaciones y escribe qué harían Carmen y Sara. Después escribe qué harías tú en estas circunstancias.

1. Sacas mala nota en un examen y piensas que el profesor se equivocó.

   Carmen: ir a ver al jefe de la facultad a quejarse

   _____

   Sara: aceptar la nota y no hacer nada

   _____

   Tú: _____

2. Encuentras en la calle una billetera que contiene dinero, tarjetas de crédito y fotos personales.

   Carmen: sacar el dinero y dejarla allí

   _____

   Sara: robar el dinero pero llamar a la persona que la perdió para devolverle el resto del contenido

   _____

   Tú: _____

3. Tienes que cuidar al gato de un amigo y tienes un pequeño accidente: al sacar tu carro del garaje matas al gato.

   Carmen: comprar un gato casi igual y no decirle nada

   _____

   Sara: decir que otra persona lo mató

   _____

   Tú: _____

Actividad 7: Mala suerte. Un amigo estaba a punto de casarse, pero se dio cuenta de que estaba por cometer un error. En vez de hablar con su novia, no le dijo nada a nadie. No fue a la iglesia el día de la boda y dejó una nota diciendo que se había ido a Nepal. ¿Qué harías tú si estuvieras a punto de casarte y tuvieras muchas dudas? Haz una lista de cinco acciones específicas.

1. _____

2. _____

3. _____

4. _____

5. _____

Actividad 8: Yo que tú. Un amigo te pide ayuda. Dile qué harías en su lugar. Empieza cada oración con **Yo que tú** + *condicional*.

1. Creo que mi jefa quiere tener relaciones amorosas conmigo.

   _____

   _____

2. Mi hijo quiere llevar un arete y hacerse un tatuaje.

   _____

   _____

3. Mi hija quiere vivir con su novio y no me cae bien ese chico.

   _____

   _____

4. Es posible que yo tenga úlcera.

   _____

   _____

> **NOTE:** *If the independent clause contains the conditional, use the imperfect subjunctive in the dependent clause.*

Actividad 9: Un poco de cortesía. Tu hermano menor es muy descortés. Cambia lo que dice por una forma más cortés. Usa el condicional y frases como **me podrías, querría que, me gustaría que.**

Directo y a veces descortés	Cortés
1. Hazme un sándwich.	1. _____
	_____
2. Quiero que me des 1.000 pesos.	2. _____
	_____
3. Cambia de canal.	3. _____
	_____
4. ¿Dónde está mi chaqueta?	4. _____
	_____

_____ _____

Actividad 10: ¿Qué harán?

Parte A: Completa esta oración para decir qué hora es:

Ahora _____ _____ de la _____ .
  es la / son las   (la hora)   mañana/tarde/noche

Parte B: Ahora, sin consultar ningún libro, escribe qué hora será en los siguientes lugares en este momento. Usa el futuro de probabilidad para especular sobre la hora.

1. España

Ahora _____ _____ de la _____ .
  será la / serán las   (la hora)   mañana/tarde/noche

2. la India

Ahora _____ _____ de la _____ .
  será la / serán las   (la hora)   mañana/tarde/noche

3. Australia

Ahora _____ _____ de la _____ .
  será la / serán las   (la hora)   mañana/tarde/noche

4. Hawai

Ahora _____ _____ de la _____ .
  será la / serán las   (la hora)   mañana/tarde/noche

NOTE: *The word* **gente** *is singular and takes a singular verb.*

Parte C: Ahora imagina y escribe qué hará la gente de esos lugares en ese momento. Usa el futuro de probabilidad para especular sobre el presente. Aquí hay unas posibilidades.

bailar en una discoteca   despertarse   mirar televisión
comer   dormir   trabajar

1. En España la gente _____

2. En la India la gente _____

3. En Australia la gente _____

4. En Hawai la gente _____

Actividad 11: ¿Dónde y qué? Escribe dónde piensas que estarán y qué piensas que harán las siguientes personas en este momento. Usa el futuro de probabilidad para especular sobre el presente.

1. tu profesor/a de español _____

   _____.

2. tu madre _____

   _____.

3. tu mejor amigo _____

   _____.

4. tu mejor amiga _____

   _____.

Actividad 12: ¿Cómo sería?

Parte A: Marca cuáles de las siguientes frases describe mejor cómo sería tu profesor/a de español cuando estaba en la escuela secundaria.

☐ participar en actividades deportivas   ☐ actuar en obras de teatro

☐ hablar mucho en clase   ☐ hablar poco en clase

☐ tener muchos amigos   ☐ tener pocos amigos pero buenos

☐ salir poco por la noche   ☐ salir mucho por la noche

☐ hacer la tarea a tiempo   ☐ no hacer la tarea a tiempo

Parte B: Ahora, escribe un párrafo diciendo cómo sería tu profesor/a de español cuando estudiaba en la escuela secundaria. Usa el condicional para especular sobre el pasado.

_____

_____

_____

_____

_____

_____

Actividad 13: Usa la lógica. Lee la siguiente historia y luego intenta deducir a qué hora hizo el adolescente las actividades que están en negrita. Usa frases como **sería/n la/s… cuando…**

Era pleno invierno y Peter **se despertó** justo cuando salía el sol y se levantó rápidamente para no llegar tarde a la escuela. En la escuela pasó un día como cualquier otro excepto que para el almuerzo **tuvo qué comer** con un profesor por tirar papeles en clase. Por la tarde, asistió a clase y se portó como un ángel. Al **salir** de la escuela por la tarde, se fue a la casa de su amigo Joe. Al caer el sol, los muchachos fueron a una tienda a comprar unos discos compactos y volvieron a casa de Joe. A la hora de la cena, Peter **regresó** a casa y luego escuchó música en su cuarto hasta que su madre terminó de ver el noticiero vespertino (*night*) por televisión y le dijo que **apagara la luz.**

1. despertarse _____

   _____

2. tener que comer _____

   _____

3. salir _____

4. regresar _____

5. apagar la luz _____

   _____

NOTE: Doubt = subjunctive; certainty = indicative.

Actividad 14: Pros y contras. Reacciona a las siguientes oraciones de manera positiva y de manera negativa. Usa frases como **en mi opinión, (no) creo que, estoy seguro/a de que, es obvio que, (no) es verdad que.**

1. Los niños de edad preescolar pasan el día en la guardería.

   Pro   **Contra**

   _____   _____

   _____   _____

   _____   _____

2. Antes de casarse, los novios deben vivir juntos por lo menos un año.

   Pro   **Contra**

   _____   _____

   _____   _____

   _____   _____

Continúa →

3. Los padres deben entrometerse en la vida de sus hijos.

Pro   **Contra**

_____   _____

_____   _____

_____   _____

4. Las escuelas tienen el deber de inculcar valores a los niños.

Pro   **Contra**

_____   _____

_____   _____

_____   _____

5. Al criar a los niños, se les debe pegar cuando se portan mal

Pro   **Contra**

_____   _____

_____   _____

_____   _____

Actividad 15: Diferencias. Explica las diferencias entre las siguientes palabras.

1. vivir juntos / casarse _____

_____

_____

2. ejercer autoridad / inculcar valores morales _____

_____

_____

3. el machismo / la igualdad de los sexos _____

_____

_____

Actividad 16: Opinión. Contesta las siguientes preguntas para expresar tu opinión.

1. ¿Quién o qué instituciones deben asumir la responsabilidad de criar a los niños en una

   sociedad? _____

   _____

   _____

2. Actualmente, ¿cómo malcrían los padres a los hijos? _____

   _____

   _____

3. ¿Crees que exista falta de comunicación entre las generaciones de hoy? Explica tu

   respuesta. _____

   _____

   _____

4. Los padres deben confiar en sus hijos. ¿Cómo pueden mostrarles los padres a los hijos

   que confían en ellos? _____

   _____

   _____

NOTE: *To discuss hypothetical future actions:* **si** + present indicative, $\begin{cases} \text{present tense} \\ \textbf{ir a} + \text{infinitive} \\ \text{future tense} \\ \text{command} \end{cases}$

Actividad 17: Tus últimos ahorros. Este verano quieres irte de vacaciones a Costa Rica, pero para hacerlo necesitas usar tus últimos ahorros. Haz una lista de tres pros y tres contras de irte a Costa Rica.

→ **Si voy a Costa Rica, viajaré a un pueblo típico del interior.**

Pro	Contra
1. _____	1. _____
_____	_____
_____	_____

Continúa →

2. _____   **2.** _____

   _____   _____

3. _____   **3.** _____

   _____   _____

   _____   _____

Actividad 18: $ueño$. Felipe tiene 19 años y siempre sueña con ser millonario. Completa estas oraciones que dijo él con la forma correcta del verbo indicado.

1. Si tengo tiempo esta tarde, voy a _____ en un nuevo "reality show" y así _____ la oportunidad de ganar $1.000.000. (participar, tener)

2. Si _____ cantar, me presentaría para el programa de *Ídolo americano*. (saber)

3. Como soy muy buen jugador de fútbol americano, si tengo suerte, la NFL me _____ y me _____ un sueldo enorme. (contratar, ofrecer)

4. Esta tarde pienso comprar un billete de lotería y si _____ , seré millonario. (ganar)

5. Si ganara un millón de dólares, le _____ la mitad a la gente necesitada y con el resto _____ un viaje por todo el mundo. (dar, hacer)

6. Si _____ mejores notas, estudiaría medicina porque los médicos ganan mucho dinero. (tener)

7. Si _____ imaginación, inventaría una cosa superútil y simple como los "Post Its" y me _____ millonario. (tener, hacer)

8. Si _____ más guapo, iría a Hollywood para ser actor. (ser)

9. Si yo no _____ todo el día pensando en cómo hacerme rico, si _____ más y si _____ buen estudiante, tendría un buen trabajo con un buen sueldo en el futuro. (pasar, trabajar, ser)

Actividad 19: La reacción de la familia. Escribe cómo reaccionaría tu familia a las siguientes situaciones.

1. Si yo dejara la universidad, _____
_____ .

2. Si me casara sin decirles nada, _____
_____ .

3. Si la policía me detuviera por consumir drogas, _____
_____ .

4. Si yo fuera a vivir al extranjero un año, _____
_____ .

5. Si sacara sólo notas sobresalientes este semestre, _____
_____ .

6. Si les regalara un perro, _____
_____ .

7. Si en una revista saliera una foto mía sin ropa, _____
_____ .

Actividad 20: ¿Qué serías? Contesta estas preguntas y justifica tus respuestas.

1. Si fueras un color, ¿qué color serías? _____
_____

¿Por qué? _____
_____

2. Si pudieras ser un animal, ¿qué animal te gustaría ser? _____
_____

¿Por qué? _____
_____

Continúa →

3. Si fueras un instrumento musical, ¿qué instrumento serías? _____

_____

¿Por qué? _____

_____

Actividad 21: Héroes.

Parte A: Escribe los nombres de dos personas (vivas) a quienes admiras mucho. Después explica por qué las admiras.

1. Nombre: _____

_____

_____

2. Nombre: _____

_____

_____

Parte B: Ahora, escribe qué harías si tú fueras las personas de la Parte A.

1. _____

_____

_____

2. _____

_____

_____

Capítulo 11

Drogas y violencia

Actividad 1: La delincuencia. Selecciona la palabra correcta.

1. Un niño hace algo malo y sus padres le dicen que no puede salir a jugar con sus amigos por tres días. Es _____ .

   a. un castigo   **b.** una condena

2. Una persona se mata. Es _____ .

   a. un homicidio   **b.** un suicidio

3. La persona que vende drogas es _____ .

   a. narcotraficante   **b.** drogadicta

4. Es una persona que comete actos de delincuencia y forma parte de un grupo. Suele ser joven. Es _____ .

   a. pandillero   **b.** delincuente

5. Esta persona roba dinero de los bancos. Es _____ .

   a. ladrón   **b.** ratero

6. Una persona que se lleva a otra por la fuerza y le pide dinero a su familia para devolverla, es _____ .

   a. un rescate   **b.** un secuestrador

7. Los robos, las violaciones, el narcotráfico y los homicidios son _____ .

   a. delitos   **b.** atracos

Actividad 2: El periódico. Lee las siguientes oraciones de artículos de periódicos e indica de qué se trata cada artículo.

un soborno	un secuestro	un suicidio	la cadena perpetua
la legalización	un asesinato	el terrorismo	el toque de queda
la adicción	las pandillas	los rateros	la libertad condicional

1. Ayer la policía detuvo a Jorge Vega por matar violentamente a Alicia Ferrer.

   _____

2. Los miembros del jurado decidieron unánimemente que Paulina Guzmán debería pasar el resto de su vida en la cárcel de Carabanchel sin posibilidades de salir.

   _____

3. El hombre llamó diciendo que quería 4.000.000 de pesos de rescate.

   _____

4. Hoy la vicepresidenta tuvo que renunciar a su puesto al confesar que había recibido dos casas, una en la playa y otra en la montaña, por haberle dado un contrato a la compañía G.A.M.U.

   _____

5. Después de sólo seis meses de condena, Hernán Jacinto, el violador de menores, salió ayer de la cárcel, pero las autoridades aseguran que si se acerca a un niño lo detendrán enseguida.

   _____

6. Hay personas que te pueden robar algo en la calle sin que te des cuenta.

   _____

7. Ayer a las 7:00 de la tarde explotó un coche bomba delante del edificio de Bellas Artes.

   _____

8. Ayer dos grupos de jóvenes, los Sangrientos y los Lobos, pelearon en el barrio de Polanco y dos resultaron muertos.

   _____

9. La droga te llama, te seduce, te envuelve y por fin controla todos los aspectos de tu vida.

   _____

Actividad 3: Las diferencias. Explica las diferencias entre las siguientes palabras.

1. castigo / condena ______________________

2. homicidio / suicidio ______________________

3. narcotraficante / drogadicto ______________________

4. pandillero / delincuente ______________________

5. ladrón / ratero ______________________

Actividad 4: El futuro.

Parte A: ¿Cuáles de las siguientes cosas habrán pasado antes del año 2050?

→ el hombre / colonizar la Luna

El hombre (no) habrá colonizado la Luna.

1. el hombre / llegar a Marte (*Mars*)

____

2. el dinero tal como lo conocemos hoy / dejar de existir

____

3. todo el mundo / comprar un teléfono celular

____

4. nosotros / instalar paneles de energía solar en todos los edificios y casas

____

Continúa →

5. nosotros / dejar de recibir cartas por correo

_____

Parte B: Haz dos predicciones más como las de la Parte A.

1. _____

_____

2. _____

_____

Actividad 5: Tu futuro. Todos tenemos metas (_goals_) personales. ¿Qué cosas habrás hecho tú antes de los siguientes años?

1. Antes del año 2015, _____

_____.

2. Antes del año 2020, _____

_____.

3. Antes del año 2025, _____

_____.

4. Antes del año 2030, _____

_____.

Actividad 6: Problemas. Los estudiantes siempre tienen muchas excusas. Da excusas para las siguientes personas.

→   Juan no entregó los resultados de un experimento.

Juan habría entregado los resultados del experimento, pero su perro se los comió.

1. Paco no fue a clase toda la semana pasada.

_____

_____

2. Margarita e Isabel no se presentaron para el examen.

_____

_____

3. Carlos no aprobó el examen.

_____

_____

4. Olga no entregó su trabajo escrito a tiempo.

_____

_____

5. Jorge había quedado con su profesora a las dos en su oficina, pero no fue.

_____

_____

NOTE: *To hypothesize about the past, use* **si** + pluperfect subjunctive, *followed by the* conditional perfect.

Actividad 7: Los remordimientos. Completa los siguientes remordimientos de la madre de un chico que está en la cárcel por vender drogas.

➜   Si / (yo) sacarlo de esa escuela / él no tener esos amigos

Si yo lo hubiera sacado de esa escuela, él no habría tenido esos amigos.

1. Si / (yo) pasar más tiempo con él / nosotros comunicarnos mejor

_____

_____

2. Si / (yo) escucharlo / (yo) saber cuáles eran sus problemas

_____

_____

3. Si / (yo) saber cuáles eran sus problemas / (yo) pedirle ayuda a un psicólogo

_____

_____

4. Si / (yo) pedirle ayuda a un psicólogo / no pasar todo eso

_____

_____

Actividad 8: Mis remordimientos. Escribe cuatro remordimientos que tienes.

→ **Si no hubiera tenido que trabajar durante los veranos, habría visitado otro país con un programa de intercambio.**

1. _____

_____

2. _____

_____

3. _____

_____

4. _____

_____

Actividad 9: Si hubiera... Completa estas oraciones para decir cómo habría sido diferente la vida de algunas personas famosas si no hubieran ocurrido ciertos acontecimientos. Usa los verbos indicados.

1. Si el gobierno estadounidense no _____ la entrada de

   artistas cubanos a los Estados Unidos durante el régimen de Castro, Alicia Alonso

   _____ en el Centro Lincoln. (prohibir, bailar)

2. Si Frida Kahlo no _____ un accidente tan horrendo,

   algunas de sus pinturas no _____ imágenes tan trágicas.

   (sufrir, tener)

3. Si Rigoberta Menchú no _____ de Guatemala,

   _____ . (escaparse, morir)

Actividad 10: Cambiando el pasado. Contesta estas preguntas sobre tu vida.

1. ¿Tienes hermanos o eres hijo/a único/a?

   _____

   Si tienes hermanos, ¿cómo habría sido tu vida si hubieras sido hijo/a único/a?

   _____

   _____

Si no tienes hermanos, ¿cómo habría sido tu vida si hubieras tenido hermanos?

_____

_____

2. ¿Te criaste en un pueblo o una ciudad? _____

_____

Si te criaste en un pueblo, ¿cómo habría sido tu vida si hubieras crecido en una ciudad?

_____

_____

Si te criaste en una ciudad, ¿cómo habría sido tu vida si hubieras crecido en un pueblo?

_____

_____

3. ¿Cómo habría sido tu vida si no hubieras decidido asistir a la universidad? _____

_____

_____

4. ¿Cómo habría sido tu vida si hubieras tenido padres menos/más estrictos? _____

_____

_____

Actividad 11: Figuras históricas.

Parte A: Escribe los nombres de tres personas muertas que han tenido influencia, tanto positiva como negativa, en la historia mundial. Después explica qué hicieron.

1. Nombre: _____

_____

_____

2. Nombre: _____

_____

_____

3. Nombre: _____

_____

_____

Parte B: Ahora, explica qué habrías hecho si tú hubieras sido las personas de la Parte A.

1. _____

_____

2. _____

_____

3. _____

_____

Actividad 12: Si no hubiera...

Parte A: Escribe dos hipótesis sobre personas famosas, vivas o muertas.

→ **Sean Penn no habría ganado el Oscar si no hubiera actuado en *Río Místico*.**

1. _____

_____

2. _____

_____

Parte B: Ahora, escribe dos hipótesis sobre tu vida como las de la Parte A.

1. _____

_____

2. _____

_____

Actividad 13: Como si...

Parte A: Construye oraciones para propaganda, usando una frase de la primera columna y una de la segunda.

→ En el BMW X5 / viajar / como si / ser un rey

En el BMW X5 Ud. viajará como si fuera un rey.

con zapatos Nike / correr		ser perlas
Crest / dejarle los dientes		estar en Perú
en el restaurante El Inca / cenar		ser un bebé
en el Hotel Paz / dormir tranquilamente	como si	estar en el Caribe
con el curso Kaplan / aprobar su examen		tener alas
en el Club Planeta / escuchar salsa		ser parte de la película
en los cines de IMAX / sentirse		ser Einstein

1. _____
2. _____
3. _____
4. _____
5. _____
6. _____
7. _____

Parte B: Ahora, escribe anuncios parecidos para estos productos.

1. La salsa picante de Ortega

_____

_____

2. Aeroméxico

_____

_____

Actividad 14: ¡Qué molestos! Estás en un restaurante y todo te molesta. Forma oraciones para criticar lo que está pasando.

1. Mira esa señora. Come con la boca abierta como si _____

_____ .

2. Ese señor le está gritando a su hijo como si _____

_____ .

3. El camarero no nos atiende. Nos trata como si _____

_____ .

4. Ese adolescente no deja de molestar. Se está portando como si _____

_____ .

5. Esta sopa está fría y sosa. El chef cocina como si _____

_____ .

Actividad 15: Los deseos.

Parte A: Muchos padres habrían querido que sus hijos hubieran hecho cosas diferentes en la vida. Marca las cosas que tus padres habrían querido que hubieras hecho tú.

☐ pasar más tiempo con la familia

☐ prestar más atención a los estudios

☐ vestirte de una forma más tradicional

☐ llevarte mejor con tus hermanos/as

☐ compartir sus creencias políticas

☐ mostrar más respeto hacia los adultos

☐ manejar su carro con más cuidado

☐ escoger otra universidad

☐ tener otros amigos

☐ tocar el piano

☐ tomar clases de ballet

☐ no ver tanta televisión

☐ no practicar deportes peligrosos

☐ ser más responsable

Parte B: Escribe oraciones con la información de la Parte A para decir qué habrían querido o preferido tus padres.

→ **Mis padres habrían querido/preferido que yo hubiera pasado más tiempo con la familia porque yo siempre salía con mis amigos.**

_____

_____

_____

_____

_____

_____

_____

Parte C: ¿Crees que si tuvieras hijos, les harías las mismas exigencias que te hicieron tus padres? Justifica tu respuesta.

_____

_____

_____

_____

> **NOTE:** *Use the* pluperfect subjunctive *to refer to a past action that preceded the one expressed in the independent clause; otherwise use the* imperfect subjuctive.

Actividad 16: La búsqueda. Después de un homicidio, la policía encontró pruebas (*clues*) con las cuales se averiguaron bastantes datos sobre la asesina. Escribe cómo era la persona que buscaban. Usa el imperfecto del subjuntivo o el pluscuamperfecto del subjuntivo en tus oraciones. ¡OJO! El homicidio ocurrió el cinco de marzo pasado.

Buscaban una mujer...

1. que / ser pelirroja con pecas

_____

2. que / tener el tatuaje de una rosa en el brazo derecho

_____

3. que / pasar dos noches en el hotel Gran Caribe el tres y el cuatro de marzo

_____

4. que / romperse el brazo derecho al escaparse

_____

5. que / alquilar un carro de Hertz, con la placa M34 456, el cuatro de marzo

_____

6. que / salir de la ciudad el cinco de marzo

_____

Actividad 17: Delitos y castigo. Termina estas oraciones relacionadas con los delitos, usando **pero, sino** o **sino que.** Después marca si estás de acuerdo o no con la afirmación.

1. Para prevenir la delincuencia juvenil, es importante tener castigos

severos, _____ es más importante ofrecerles a todos los

jóvenes una buena educación para que no cometan actos criminales.   Sí ☐   No ☐

2. La guerra contra el narcotráfico no empieza en los países productores

_____ en los consumidores.   Sí ☐   No ☐

3. A un asesino nunca lo deben dejar en libertad condicional,

_____ debe pasar la vida entera en la cárcel.   Sí ☐   No ☐

Continúa →

4. En una democracia se protegen los derechos de los delincuentes,

_____ a veces se olvidan los de las víctimas.　　Sí ☐　No ☐

5. Una violación no es un delito de pasión _____

de violencia.　　Sí ☐　No ☐

6. Por no saber qué hacer con los delincuentes, no los mandan a la

cárcel _____ los ponen en libertad condicional y les

dicen que no vuelvan a cometer delitos.　　Sí ☐　No ☐

7. La mariguana tiene muchos usos medicinales, más que nada para

los pacientes de quimioterapia, _____ de todos

modos, debe seguir siendo una droga ilegal.　　Sí ☐　No ☐

Actividad 18: Miniconversaciones. Termina estas conversaciones con **adónde, aunque, como, cómo, donde** o **dónde** y la forma apropiada del verbo indicado.

1. —No entiendo al hijo de Carmela. Lo tenía todo: educación, dinero, padres que lo querían...

—Yo tampoco. Yo no habría atacado a esa anciana _____

_____ estado muerto de hambre sin un dólar en el bolsillo. (haber)

2. —El terrorismo es un problema enorme.

—Es verdad. Ellos ponen las bombas _____ _____ . (querer)

3. —¿_____ _____ el banco? (robar)

—Lo hicieron exactamente _____ _____ . (querer)

—¿Qué quiere decir con eso?

—De noche y sin que nadie los viera.

4. —¿Oíste que la hija del vecino salió con un chico que la violó?

—Claro, hablamos con ella y _____ nos _____ que no, todos sabemos que lo quería. Esa mujer se viste de una manera muy provocativa. (decir)

—Pero, ¿qué dices? "No" significa "no" y punto. Y otra cosa, ella puede vestirse

_____ _____ y no significa nada. (querer)

—Bueno, dejémoslo ahí. ¿_____ _____ tú y yo esta noche? (ir)

— Con esa actitud, no voy contigo a ninguna parte.

5. — ¿_____ _____ mientras buscabas al criminal? (quedarse)

— Me quedé en un hotel de mala muerte, era horrible... con cucarachas y estaba encima de una discoteca. Se oía la música a toda hora.

— ¿No había otros?

—Intenté encontrar un hotel _____ _____ dormir tranquilamente, pero no encontré ninguno. Todos estaban llenos. (poder)

Actividad 19: Combatiendo la ignorancia. Vas a escribir una redacción sobre las drogas ilegales. Tu redacción debe tener tres párrafos.

- **Párrafo 1:** Explica el papel de las drogas en la sociedad norteamericana.

- **Párrafo 2:** Explica qué tipo de educación te dieron tus padres y la escuela sobre las drogas ilegales.

- **Párrafo 3:** Habla de cómo habrían podido mejorar ellos tu educación sobre las drogas. Usa frases cómo **si me hubieran** + *participio pasivo*, **yo habría querido que... Habría sido mejor si...**

_____

_____

_____

_____

_____

_____

_____

_____

_____

_____

_____

_____

Continúa →

_____

_____

_____

_____

_____

_____

_____

_____

_____

_____

Capítulo 12

La comunidad latina en los Estados Unidos

Actividad 1: Narración en el pasado. Termina estos párrafos sobre la inmigración y la adaptación a la cultura norteamericana. ¡OJO! Algunos de los verbos pueden estar en el presente pero la mayoría de ellos están en el pasado del indicativo o en subjuntivo. Los verbos están en orden.

sacar
estar
subir
poder
querer
vivir
conocer
decidir
trabajar
poder
ser

1. Yo ya _____ mi título de médico en 1959 y

_____ trabajando en un hospital como jefe de

pediatría cuando _____ al poder Castro. No

_____ vivir bajo ese régimen y _____

que mis hijos _____ en una democracia para que

_____ lo que era la libertad. Por eso,

_____ inmigrar a los Estados Unidos. Al principio,

_____ durante unos meses haciendo camas en un

hotel, pero ahora _____ ejercer mi profesión y

_____ pediatra en una clínica de Orlando.

llegar
ser
casarse
vivir
hablar
entender
aprender
hablar

2. Mis antepasados _____ al suroeste de este país hace

más o menos 350 años. _____ conquistadores que

_____ con las indígenas que _____ en la

zona. Mis bisabuelos _____ español, pero mis abuelos

sólo _____ el idioma. Yo lo _____ en la

escuela y ahora lo _____ con acento.

Continúa →

trabajar
limpiar
pertenecer
estar
dormir
llegar
detener
ser
ver
matar
tomar
poder

3. Durante los años setenta yo _____ en un hospital en

Guatemala y _____ las habitaciones de los pacientes.

_____ a un sindicato de trabajadores que

_____ luchando por obtener mejores condiciones de

trabajo, mejores beneficios y sueldos más respetables. Una noche,

mientras _____ en casa, _____ unos

soldados y _____ a un compañero con quien vivía.

_____ la última vez que lo _____ . Es

probable que lo _____ . Dos días después, yo

_____ la difícil decisión de salir del país.

_____ entrar a los Estados Unidos ilegalmente con la

ayuda de una iglesia.

Actividad 2: Las contribuciones. Escribe de dónde emigraron estos inmigrantes que llegaron a los Estados Unidos y qué hicieron.

➔   Enrico Fermi / Italia / ganar el Premio Nobel de Física
   Enrico Fermi emigró de Italia y ganó el Premio Nobel de Física.

1. Irving Berlin / Rusia / componer música

_____

2. Elia Kazan / Turquía / dirigir películas

_____

3. Elizabeth Taylor y Bob Hope / Inglaterra / actuar en películas

_____

4. Celia Cruz / Cuba / cantar rumba, chachachá, salsa

_____

5. Jaime Escalante / Ecuador / ser maestro

_____

6. John Muir / Escocia / fundar el "Sierra Club"

_____

7. Madeleine Albright / República Checa / servir de Secretaria de Estado

_____

8. Isaac Stern y Nathan Milstein / Rusia / tocar el violín

_____

Actividad 3: Latinos en los Estados Unidos.

Parte A: Antes de leer la información acerca de tres grupos de inmigrantes a los Estados Unidos, asocia estos años con los acontecimientos de la segunda columna.

1. _____ 1848

2. _____ 1898

3. _____ 1917

4. _____ 1945

5. _____ 1959

6. _____ 1980

a. Los puertorriqueños recibieron la ciudadanía estadounidense.

b. Fidel Castro formó un gobierno comunista en Cuba y por eso empezaron a salir del país muchos de la élite de la sociedad.

c. México perdió el suroeste de los EE.UU. después de perder una guerra.

d. Empezó una ola de inmigración desde el puerto cubano de Mariel, y vinieron delincuentes y gente con problemas mentales.

e. Los EE.UU. necesitaban gente para trabajar en sus fábricas, y así empezó una inmigración puertorriqueña en masa.

f. España perdió sus últimos territorios en el hemisferio occidental en una guerra contra los EE.UU.

Parte B: Completa este resumen de la inmigración y la presencia de tres grupos hispanos en los Estados Unidos con la forma apropiada del verbo indicado. Al leer, confirma si tus respuestas de la Parte A eran correctas o no según la información que contiene la lectura.

Los mexicanos y los mexicoamericanos

perder
firmar
componerse
pasar
vivir
ser
convertirse

En 1848, México _____ una guerra contra los Estados Unidos y al _____ el Tratado de Guadalupe Hidalgo, el territorio que hoy _____ de Texas, Nuevo México, Arizona, California, Nevada, Utah y parte de Colorado _____ a formar parte de los Estados Unidos. La gente que _____ en esa zona _____ descendientes de hispanos e indígenas y después de 1848 casi todos _____ en ciudadanos estadounidenses.

llegar
poblar
empezar
necesitar

Al _____ más y más personas para _____ el suroeste del país, _____ a formarse una industria agrícola fuerte, más que nada en California. Esta nueva industria _____ mano de

Continúa →

llegar
trabajar
ser
haber

obra y a principios del siglo XX, comenzaron a _____ inmigrantes

mexicanos para _____ en los campos y en otras áreas de la nueva

economía. Esta inmigración para el sector agrícola _____ constante

durante el siglo XX particularmente cuando _____ una mayor

necesidad de mano de obra agrícola durante la segunda guerra mundial.

empezar

    A partir de los años sesenta, un gran número de mexicoamericanos

_____ a migrar del campo a las ciudades en busca de otras

oportunidades de trabajo y educación.

Los cubanos y los cubanoamericanos

haber
empezar
subir
venir
querer
establecerse
pertenecer
trabajar
ayudar

    Aunque siempre _____ inmigración cubana a los Estados

Unidos, el gran éxodo _____ en 1959 cuando Fidel Castro

_____ al poder en Cuba. Entre 1959 y 1970, muchos

_____ a los Estados Unidos porque _____ escaparse

del régimen comunista de Castro y _____ principalmente en Nueva

York y Miami. A diferencia de otras olas de inmigrantes de todas partes del

mundo, la gran mayoría de los cubanos _____ a la clase media o

alta, lo cual significa que antes de salir de Cuba _____ como

profesionales y no como obreros sin educación. Estos conocimientos pronto les

_____ a convertirse en miembros productivos de la sociedad

norteamericana.

permitir
abrir
facilitar
padecer
causar
intentar
volver

    En 1980, Castro le _____ la salida a otra clase de inmigrante

cubano. Él _____ las cárceles y _____ la salida, desde

el puerto de Mariel, de delincuentes y gente que _____ de

enfermedades mentales. Obviamente, la llegada de estos inmigrantes a los EE.UU.

_____ problemas tan grandes en la comunidad cubana establecida

que algunos _____ ayudar a estos nuevos inmigrantes, los llamados

marielitos. En 1994, Castro otra vez _____ a hacer lo mismo cuando

dejar
querer
seguir
permitir
construir
causar
causar

_____ salir a un grupo de cubanos que no _____ que

Cuba _____ bajo el régimen comunista. El gobierno cubano les

_____ que _____ balsas, y por esa razón los llamaron

«balseros». La llegada masiva de cubanos le _____ problemas al

presidente Clinton, al igual que la llegada de los marielitos le _____

problemas a Carter varios años antes.

cambiar
ser
esperar
abandonar
poder
vivir
visitar
nacer
hablar
casarse
haber

Desde 1959 hasta el presente, los cubanos _____ el carácter de

Miami que ahora _____ uno de los centros financieros más

importantes del continente americano. Muchos cubanos _____

ansiosamente que Castro _____ su puesto para _____

volver a Cuba, algunos para _____ allí y otros sólo para

_____ a sus parientes y su tierra natal. Pero, sus hijos

_____ en los Estados Unidos y algunos _____ el

inglés mejor que el español. Muchos _____ con anglosajones. Sin

embargo, pase lo que pase, siempre _____ una gran unión entre los

cubanoamericanos y su isla.

Los puertorriqueños

diferenciarse
ser
llegar

La llamada "inmigración puertorriqueña" _____ de otras olas de

inmigración porque los puertorriqueños ya _____ ciudadanos

norteamericanos al _____ a los Estados Unidos.

perder
convertirse
recibir
necesitar
haber
provocar
continuar

En 1898, España _____ la guerra contra los Estados Unidos.

Como consecuencia, Puerto Rico _____ en territorio

estadounidense, y en 1917 los puertorriqueños _____ la ciudadanía.

A mediados del siglo XX, las industrias norteamericanas _____

mano de obra mientras que en la isla _____ mucho desempleo. Esto

_____ una migración en masa, principalmente hacia Nueva York y

otras ciudades industriales, la cual _____ hasta hoy.

Continúa →

Parte C: Contesta estas preguntas basadas en la información de la Parte B.

1. Si hubieras sido inmigrante mexicano/a en el siglo XX, ¿qué tipo de trabajo habrías

tenido al llegar a los Estados Unidos? _____

_____

_____

2. Si hubieras sido inmigrante cubano/a en 1961, ¿por qué habrías salido de tu país?

_____

_____

¿Cómo habría sido tu nivel de vida en Cuba y cómo habría sido al llegar a los Estados
Unidos?

_____

_____

3. Si hubieras sido puertorriqueño/a en 1945, ¿cuáles son dos factores que te habrían

motivado a venir a los Estados Unidos? _____

_____

_____

_____

> **NOTE:** *If you are a foreign student in the United States, a native American, or if you do not know your family history, interview a friend about his or her family history and retell it here.*

Actividad 4: Olas de inmigración.

Parte A: Casi todos los ciudadanos norteamericanos tienen antepasados inmigrantes. Cuenta
cómo, cuándo y por qué vinieron tus antepasados a este país.

_____

_____

_____

_____

_____

Parte B: Muchos grupos de inmigrantes pasaron o están pasando por una época de discriminación. ¿Sufrieron tus antepasados algún tipo de discriminación al llegar? ¿Por qué sí o no?

_____

_____

_____

_____

_____

_____

Actividad 5: La discriminación. Existen muchas clases de discriminación. Aquí hay una lista de algunas de ellas.

por aspecto físico: por peso, por ser poco
   atractivo, por ser bajo, por ser alto

por afiliación religiosa

por raza

por ser mujer

por impedimentos físicos: ser ciego, sordo,
   etc.

por edad

por orientación sexual

por ser hombre

¿Conoces a alguien que haya sufrido algún tipo de discriminación? Explica tu respuesta.

_____

_____

_____

_____

_____

Actividad 6: La inmigración de hoy. Describe los problemas que existen hoy en día en cuanto a la inmigración. Escribe sobre los siguientes temas al describir las preocupaciones del público norteamericano.

bienestar social (*welfare*)

viviendas

delitos

salud

educación

trabajo

Muchas personas dicen que los inmigrantes les quitan los puestos de trabajo a los ciudadanos del

país. _____

_____

Continúa →

_____
_____
_____
_____
_____
_____

Actividad 7: Tu opinión.

Parte A: Marca si estás de acuerdo o no con estas oraciones.

1. Los bebés que nacen en los Estados Unidos de padres extranjeros no deben recibir ciudadanía estadounidense. Sí ☐ No ☐

2. El problema de la inmigración ilegal se basa en la oferta y la demanda: los inmigrantes necesitan trabajo y los norteamericanos necesitan mano de obra barata. Sí ☐ No ☐

3. Los inmigrantes no deben recibir servicios médicos a menos que tengan un problema grave de salud. Sí ☐ No ☐

4. Los inmigrantes le dan más a la sociedad norteamericana de lo que reciben de ella. Sí ☐ No ☐

5. Si el hijo de un inmigrante ilegal desea asistir a una escuela pública en los Estados Unidos, debe pagar la matrícula. Sí ☐ No ☐

6. Sin el trabajo de los inmigrantes ilegales, los Estados Unidos sufrirían un colapso total de su economía. Sí ☐ No ☐

NOTE: Use the indicative to express certainty and the subjunctive when doubt is implied.

Parte B: Según tus repuestas de la Parte A, escribe oraciones que empiecen con **(No) Es verdad que, (No) Creo que,** etc., para dar tu opinión. Justifica cada respuesta.

➝ **(No) Creo que los bebés... porque...**

1. _____

_____

_____

2. _____

_____

_____

3. _____

_____

_____

4. _____

_____

_____

5. _____

_____

_____

6. _____

_____

_____

Actividad 8: Nostalgia.

Parte A: Normalmente, una persona que está en otro país siente nostalgia. Si fueras a estudiar a otro país durante un año, ¿qué aspectos de la cultura norteamericana extrañarías? Marca las cosas que extrañarías.

_____ hacer sándwiches de mantequilla de maní

_____ escuchar las noticias por televisión

_____ leer el periódico, especialmente la sección de opinión

_____ ir a las fiestas de la universidad

_____ asistir a partidos de fútbol americano

_____ oír tocar a la banda de la universidad

_____ actuar en producciones de teatro en la universidad

_____ participar en política en la universidad

_____ llamar a mis padres con frecuencia

_____ algo más: _____

Parte B: Termina las siguientes oraciones con la forma correcta del verbo indicado y con las frases que marcaste en la Parte A.

1. Si _____ (estar) en otro país durante un año, _____

   (extrañar) _____.

2. Si _____ (ser) estudiante en otro país durante un año, _____

   (echar de menos) _____.

3. Si _____ (estudiar) en otro país durante un año, _____

   (sentir) nostalgia por no _____.

Actividad 9: ¿Podría ocurrir? Contesta estas preguntas.

1. Si tuvieras que inmigrar a otro país, ¿a cuál irías y por qué lo escogerías?

   _____

   _____

   _____

   _____

2. Nadie quiere dejar su país y a sus parientes pero, ¿bajo qué circunstancias dejarías los Estados Unidos (u otro país, si no eres ciudadano/a de los EE.UU.) para emigrar a otro país?

   _____

   _____

   _____

   _____

3. Si pudieras escoger, ¿dónde te gustaría vivir: en un barrio con mucha diversidad racial, étnica y religiosa o en un barrio con más gente como tú? ¿Por qué?

   _____

   _____

   _____

   _____

Actividad 10: Tu futuro.

Parte A: Marca las frases que puedan formar parte de tu futuro tanto personal como profesional.

☐ poder graduarte de la universidad si apruebas este curso de español

☐ hacer un viaje a un país de habla española

☐ trabajar en una empresa internacional

☐ hacer investigaciones en español para tus estudios de posgrado

☐ tener clientes que hablen español

☐ matricularte en otro curso de español

☐ leer revistas o periódicos en español

☐ usar el español para hablar con parientes que no hablen inglés

☐ leer literatura en español

☐ ver películas en español

☐ participar en un programa para estudiar en un país hispano

☐ solicitar un trabajo en un país de habla española

☐ incluir en tu curriculum que has estudiado español

☐ vivir cerca de gente que hable español

☐ empezar a estudiar otro idioma

☐ hacer trabajo voluntario en un país de habla española

☐ escuchar música de artistas hispanos

☐ decirles a tus hijos que estudien español en el futuro

> **NOTE:** *To talk about the future, you can use* **ir a** + infinitive, *the* future tense, *or the* present subjunctive (**es posible que yo haga un viaje**).

Parte B: Según lo que acabas de marcar en la Parte A, escribe una redacción corta sobre cómo usarás el español en tu futuro.

_____

_____

_____

_____

_____

_____

_____

_____

_____

_____

_____

Sources

Page 129: 1993 Earth Journal Environmental Almanac and Resource Directory.

Lab Manual

Capítulo preliminar

La vida universitaria

PRONUNCIACIÓN

Vowel sounds

In Spanish there are five basic vowel sounds: **a, e, i, o, u.** In contrast, English has long and short vowels; for example, the long *i* in *site* and the short *i* in *sit*. In addition, English has the schwa sound, *uh,* which is used to pronounce many unstressed vowels. For example, the *o* in the word *police* and the *a* in *woman* are unstressed and are pronounced *uh.* Listen: *police, woman.* In Spanish, there is no corresponding schwa sound because vowels are usually pronounced in the same way whether they are stressed or not. Listen: **policía, mujer.**

Actividad 1: Escucha y repite. Escucha el contraste de los sonidos vocales del inglés y del español y repite las palabras en español.

1.	anatomy	anatomía
2.	calculus	cálculo
3.	history	historia
4.	theater	teatro
5.	accounting	contabilidad
6.	music	música

Actividad 2: Repite las oraciones. Escucha y repite las siguientes oraciones. Presta atención a la pronunciación de las vocales.

1. ¡No me digas!
2. ¿Y cómo te va en la facultad?
3. ¿No te gusta la medicina?
4. Tengo materias que no me interesan.
5. Yo no quiero vivir en un pueblo.
6. No vuelvo a cambiar de carrera.

COMPRENSIÓN ORAL

Actividad 3: Completa la conversación. Vas a escuchar cinco preguntas. Para cada pregunta, elige una respuesta lógica de la lista. Escribe el número de la pregunta al lado de cada respuesta.

a. _____ 24 años.

c. _____ En segundo.

e. _____ De Texas.

b. _____ Igarzábal.

d. _____ María.

f. _____ Sociología.

ESTRATEGIA DE COMPRENSIÓN ORAL: *SCANNING*

In every chapter, you will be introduced to a strategy to help you improve your listening comprehension. Scanning involves listening for specific details without worrying about superfluous information. For example, when you're listening to football scores, you may disregard all the information you hear except the score of your favorite team.

Actividad 4: Las materias académicas.

Parte A: Escucha a cuatro estudiantes universitarios mientras cada uno describe una materia académica. Asígnale el número apropiado, del **1 al 4,** a la materia que describe cada uno. No necesitas comprender todas las palabras para hacer esta actividad.

a. _____ historia

d. _____ contabilidad

g. _____ música

b. _____ economía

e. _____ computación

h. _____ mercadeo

c. _____ matemáticas

f. _____ biología

i. _____ literatura

Parte B: Escucha a los estudiantes otra vez e indica qué piensa cada uno sobre la materia que describe.

1. _____

2. _____

3. _____

4. _____

a. No le gusta.

b. Le encanta.

c. Le importa.

d. No le importa.

e. Le gusta.

f. Le interesa.

ESTRATEGIA DE COMPRENSIÓN ORAL: *ACTIVATING BACKGROUND KNOWLEDGE*

Thinking about what you know about a topic before listening helps you know what kinds of information and vocabulary are likely to be mentioned by the speaker or speakers. In this Lab Program, every now and then you will be asked to stop the recording and make some predictions. The purpose of these activities is to help you focus on the topic at hand and improve your comprehension.

Actividad 5: Cualidades importantes.

Parte A: Tres personas van a hablar sobre las cualidades importantes en **una jefa, un juez** (*judge*) y **un político.** Antes de escucharlas, para la grabación, mira la lista de cualidades en el manual de laboratorio y escribe tres cualidades importantes para cada persona.

activo/a	encantador/a	intelectual	sabio/a
brillante	estricto/a	justo/a	sensato/a
capaz	honrado/a	liberal	sensible
creído/a	ingenioso/a	rígido/a	tranquilo/a

1. jefa   **2. juez**   **3. político**

_____   _____   _____

_____   _____   _____

Parte B: Ahora escucha a las tres personas y escribe los tres adjetivos que usa cada una. No necesitas comprender todas las palabras para hacer la actividad.

1. jefa   **2. juez**   **3. político**

_____   _____   _____

_____   _____   _____

Actividad 6: Charla en un bar.
Jorge y Viviana son dos jóvenes que estudian para ser profesores de literatura. Ahora están en un bar hablando de las materias que él está tomando. Escucha la conversación y completa el horario de clases de Jorge. No te preocupes por entender todas las palabras.

Hora	lunes	martes	miércoles	jueves	viernes
8:15–9:15					
		historia de las civilizaciones modernas		historia de las civilizaciones modernas	
10:45–11:45		metodología de la enseñanza		metodología de la enseñanza	

Actividad 7: Cambio de carrera. Mariel y Tomás están en un país hispano hablando del cambio de carrera universitaria que ella quiere hacer. Escucha la conversación y completa la información sobre Mariel. Vas a notar que esta conversación es más rápida que las otras que escuchaste en este capítulo. No te preocupes, no necesitas entender todas las palabras para hacer esta actividad, pero puedes escuchar la conversación todas las veces que necesites.

1. Ahora Mariel estudia _____.

2. Quiere estudiar _____.

3. Muchas de las materias en las dos carreras son _____, pero

   si Mariel cambia de carrera tiene que _____ otra vez.

4. Para ella, el estudio de las materias en los EE.UU. es _____,
   pero en su país es más profundo.

Éste es el final del programa de laboratorio para el Capítulo preliminar. Ahora vas a escuchar la conversación que escuchaste en clase, **"Una conversación en la facultad".** Mientras escuchas, puedes mirar el guion (*script*) de la conversación que está en el apéndice del manual.

Capítulo 1

Nuestras costumbres

PRONUNCIACIÓN

Diphthongs

In Spanish, vowels are classified as weak (**i, u**) or strong (**a, e, o**). A diphthong is a combination of two weak vowels or a strong and a weak vowel. When two weak vowels are combined, the second one takes a slightly greater stress, as in the word **cuidado.** When a strong and a weak vowel are combined in the same syllable, the strong vowel takes a slightly greater stress, for example, **bailar, puedo.** Sometimes the weak vowel in a weak-strong or strong-weak combination takes a written accent, and the diphthong disappears, as in **día, Raúl.**

Actividad 1: Escucha y repite. Escucha y repite las siguientes oraciones.

1. Se despierta.
2. Se peina.
3. Se afeita.
4. Escucha el contestador **au**tomático.
5. Cuida a los niños.
6. Baila con ellos.
7. Los acuesta.

Actividad 2: Escucha y repite. Escucha y repite las siguientes oraciones de la conversación entre Pedro y Silvia.

1. Es ciudadano de los Estados Unidos.
2. Sus padres o abuelos o bisabuelos eran mexicanos.
3. Es gente de ascendencia mexicana.
4. Cuando sales de clase, tomas el autobús.
5. Lo vas a pasar bien.

Actividad 3: ¿Hay diptongo? Escucha las palabras y marca la combinación correcta de letras y acentos.

	Hay diptongo	No hay diptongo
1.	ia	ía
2.	ue	úe
3.	io	ío
4.	au	aú
5.	io	ío
6.	ie	íe

COMPRENSIÓN ORAL

Actividad 4: ¿De qué hablan? Escucha las siguientes conversaciones y numera de qué hablan en cada caso.

_____ comprarle a un revendedor

_____ dejar plantado a alguien

_____ ir detrás del escenario

_____ pedir algo de tomar

_____ quedar en una hora

_____ sacar a bailar a alguien

_____ salir a dar una vuelta

_____ tener un contratiempo

Actividad 5: ¿Vida saludable? Dos personas van a llamar a un programa de radio para contar si tienen una vida saludable o no. Para la grabación y lee la lista que se presenta. Luego escucha y marca únicamente las cosas que hacen estas personas. No necesitas comprender todas las palabras.

		Llamada No. 1	Llamada No. 2
1.	dormirse con la luz encendida	☐	☐
2.	pasar noches en vela	☐	☐
3.	comer frutas y verduras	☐	☐
4.	salir por la noche con mucha frecuencia	☐	☐
5.	fumar	☐	☐
6.	dormir entre siete y nueve horas	☐	☐
7.	beber alcohol	☐	☐

Actividad 6: Un anuncio informativo.

Parte A: Vas a escuchar un anuncio sobre el estrés. Antes de escucharlo, para la grabación y marca las tres situaciones que causan más estrés, los tres síntomas de estrés más importantes y las tres formas de combatirlo (*combat it*) mejor.

Situaciones que causan estrés	Tú	Locutor
1. tener problemas con el coche	☐	☐
2. morir un pariente	☐	☐
3. perder un trabajo	☐	☐
4. romper una relación amorosa con alguien	☐	☐
5. salir mal en un examen	☐	☐

Síntomas	Tú	Locutor
1. no interesarse por nada	☐	☐
2. no poder dormir bien	☐	☐
3. olvidarse de ciertas cosas	☐	☐
4. sentir dolor de estómago	☐	☐
5. sufrir de dolores de cabeza	☐	☐

Soluciones	Tú	Locutor
1. hablar con un/a amigo/a	☐	☐
2. hacer ejercicio	☐	☐
3. meditar	☐	☐
4. poner música suave	☐	☐
5. tomar un baño caliente	☐	☐

Parte B: Ahora escucha el anuncio de radio y marca las situaciones que causan estrés, los síntomas y las soluciones que sugiere el locutor.

Actividad 7: Problemas de convivencia.

Parte A: Patricia y Raúl son dos hermanos jóvenes que comparten un apartamento y tienen problemas de convivencia (*living together*). Por eso Patricia llama al programa de radio "Los consejos (*advice*) de Consuelo". Antes de escuchar, para la grabación y mira la lista en el manual de laboratorio para pensar en las cosas que más te molestan de un compañero o una compañera de apartamento.

Hábitos de...	Raúl	Patricia
1. no lavar los platos después de comer	☐	☐
2. bañarse y no limpiar la bañera (*bathtub*)	☐	☐
3. levantarse temprano y hacer mucho ruido (*noise*)	☐	☐
4. cepillarse los dientes y no poner la tapa en la pasta de dientes	☐	☐
5. dejar cosas por todas partes	☐	☐
6. afeitarse y no limpiar el lavabo (*sink*)	☐	☐
7. poner música a todo volumen	☐	☐

Parte B: Ahora escucha a Patricia mientras le cuenta su problema a Consuelo. Mientras escuchas, marca en el manual los malos hábitos de su hermano Raúl.

Parte C: Raúl está en su coche escuchando la radio y oye a su hermana hablando con Consuelo. Decide entonces llamar al programa. Escucha la conversación y marca en el manual los malos hábitos de Patricia. Recuerda: No necesitas comprender todas las palabras.

Actividad 8: Problemas con la novia.

Parte A: Walter tiene muchos problemas con su novia y llama al programa de radio "Los consejos de Consuelo" para pedir ayuda. Antes de escuchar la conversación, para la grabación y marca bajo la columna "Tu opinión" los cuatro problemas que tú crees que Walter tiene con su novia.

Problemas con la novia	Tu opinión	Walter
1. criticar a los amigos de él	☐	☐
2. dejarlo plantado	☐	☐
3. gustarle mucho bailar	☐	☐
4. no pagar nunca cuando salen	☐	☐
5. no sacarlo a bailar nunca	☐	☐
6. pasar mucho tiempo con sus amigas/os	☐	☐
7. salir con otro chico	☐	☐
8. tener muchos contratiempos	☐	☐
9. tomar mucho alcohol	☐	☐

Parte B: Ahora escucha y marca en la lista de la Parte A los cuatro problemas que Walter tiene con su novia. Concéntrate solamente en entender los problemas. Luego compáralos con tus predicciones.

Actividad 9: Consejos para un novio con problemas.

Parte A: Ahora en el programa "Los consejos de Consuelo", Consuelo le da consejos a Walter. Antes de escucharlos, para la grabación y escribe dos consejos buenos para este novio con problemas.

1. Tienes que _____.

2. Debes _____.

Parte B: Ahora escucha a Consuelo y escribe los dos consejos que da ella.

Consejos de Consuelo

1. _____

2. _____

ESTRATEGIA DE COMPRENSIÓN ORAL: *SKIMMING*
When you skim, you just listen to get the main idea. You are not worried about the details.

Actividad 10: ¿Hispano o latino? Adriana y Jorge son turistas en Perú y hablan de diferentes palabras que se usan para referirse a los hispanos. Escucha la conversación para averiguar cómo usan ellos diferentes términos. Vas a notar que esta conversación es más rápida que las otras que escuchaste en este capítulo. No te preocupes, no necesitas entender todas las palabras para hacer esta actividad, pero puedes escuchar la conversación todas las veces que necesites.

1. Una persona latina es de _____ . (países)

2. Un persona hispana es de _____ .

3. Adriana se considera (*considers herself*) _____ .

Éste es el final del programa de laboratorio para el Capítulo 1. Ahora vas a escuchar la conversación que escuchaste en clase, **"Una cuestión de identidad".** Mientras escuchas, puedes mirar el guion de la conversación que está en el apéndice del manual.

Capítulo 2

España: pasado y presente

PRONUNCIACIÓN

The consonant *d*

The consonant **d** is pronounced in two different ways in Spanish. When **d** appears in initial position or after **n** or **l,** it is pronounced softer than the **d** in the word *dog*; for example, **descubrir.** When **d** appears between two vowels, after a consonant other than **n** or **l,** or at the end of a word, it is pronounced somewhat like *th* in the English word *that*; for example, **creadora.** Note that if a word ends in a vowel and the next word starts with a **d,** the pronunciation is like a *th* due to linking rules. For example, in the following phrase, the **d** is as in *dog*: **el doctor.** But in the next phrase, the **d** is pronounced as in *that*: **la doctora.**

Actividad 1: Escucha y repite. Escucha y repite las siguientes palabras, prestando atención a la pronunciación de la **d.**

1. productor
2. banda sonora
3. comedia
4. el documental
5. película muda
6. director

Actividad 2: Escucha y repite. Escucha y repite partes de un anuncio comercial. Presta atención a la pronunciación de la **d.**

1. Todos sabemos algo de la historia de España.
2. En menos de diez años los moros dominaron casi toda la península.
3. En 1492 los Reyes Católicos Fernando e Isabel expulsaron a los moros de España.
4. España empezó la exploración y colonización de América.

COMPRENSIÓN ORAL

Actividad 3: La historia de España. Vas a escuchar oraciones sobre la historia de España y la colonización de América. Marca en el manual si la oración indica:

a. el comienzo de una acción   **c.** una acción completa

b. el fin de una acción   **d.** el período de una acción

1. _____
2. _____
3. _____
4. _____
5. _____
6. _____

Actividad 4: ¿Qué ocurrió primero? Vas a escuchar cuatro conversaciones cortas. Para cada una indica, con el número 1, qué acción ocurrió primero y, con el número 2, cuál ocurrió después.

A. _____ dejar el trabajo   _____ copiar la lista de nombres

B. _____ irse de la compañía   _____ romperse el pie derecho

C. _____ ir a Australia   _____ tomar clases de inglés

D. _____ alquilar un auto   _____ sacar la licencia de manejar

Actividad 5: Una queja. Una profesora de literatura encontró ciertos errores en un libro sobre Cervantes, el autor de *Don Quijote,* y decidió llamar a la editorial (*publishing company*) que publicó el libro. Escucha la conversación telefónica y corrige sólo los datos que son incorrectos.

Cervantes: Vida y obra

1. Nació en Alcalá de Henares, España, en 1546.

   _____

2. En 1575, cuatro años después de la Batalla de Lepanto, los turcos lo pusieron en la cárcel (*jail*).

   _____

3. Los turcos le cortaron la mano izquierda.

   _____

4. Mientras estaba en una cárcel de Argel se dedicó a escribir.

   _____

Actividad 6: Una noticia.

Parte A: Vas a escuchar una noticia por radio. Antes de escucharla, para la grabación, mira las acciones en el manual e intenta numerarlas en orden lógico del **1** al **8** en la columna que dice "Tú".

	Tú	Locutor
a. El hombre ató (*tied up*) a una mujer.	_____	_____
b. El hombre comenzó a cantar.	_____	_____
c. El hombre entró en una casa.	_____	_____
d. El hombre fue a una biblioteca.	_____	_____
e. El hombre olvidó la canción.	_____	_____
f. El hombre terminó en la cárcel.	_____	_____
g. La mujer se liberó y llamó a la policía.	_____	_____
h. La policía lo encontró en la biblioteca.	_____	_____

Parte B: Ahora escucha la noticia de radio y ordena las acciones de acuerdo con lo que cuenta el locutor. Luego compara tu versión con la versión del locutor.

ESTRATEGIA DE COMPRENSIÓN ORAL: *TRANSFERRING INFORMATION TO MAPS*

As you listen, you may be able to better understand the spoken information by transferring it to a diagram, map, chart, or graph. Having a tangible point of reference can help you follow what is being said in a logical manner.

Actividad 7: El verano pasado.

Parte A: Martín y Victoria están hablando sobre lo que hicieron el verano pasado. Escucha la conversación y marca las tres acciones que menciona cada uno.

	Martín	Victoria
1. Alquiló un apartamento.	☐	☐
2. Gastó dinero.	☐	☐
3. Comenzó un trabajo nuevo.	☐	☐
4. Dejó de salir con alguien.	☐	☐
5. Empezó a salir con alguien.	☐	☐
6. Ganó dinero.	☐	☐
7. Viajó a otro país.	☐	☐
8. Vivió con sus padres.	☐	☐

Parte B: Ahora escucha la conversación otra vez y marca en el mapa el itinerario del viaje de la muchacha que fue a Venezuela.

Actividad 8: Una buena película. Escucha la descripción de una película que hace una comentarista de radio y completa la tabla que aparece en el manual. Escucha la descripción todas las veces que necesites.

Película: _____

Argumento: _____

Género: ☐ drama ☐ comedia ☐ documental

Directora: *Julie Taymor*

Actriz principal: _____

Actor: *Alfred Molina*

Premio: *Oscar*   Por: Mejor _____

Se filmó en _____ (país)

Está en cartelera: ☐ Sí ☐ No

Clasificación moral: _____

Actividad 9: Viaje a Andalucía. Blanca y Raúl acaban de regresar de un viaje por España y le cuentan a su amigo Nelson sobre el viaje. Escucha la conversación y completa la información que aparece en el manual.

1. ¿Qué es Al-Andalús? _____

2. ¿A quién le gustó Granada? _____ ¿Y Sevilla? _____

3. Lugares que visitaron en Sevilla:

   a. _____ el Alcázar

   b. _____ la Alhambra

   c. _____ la Giralda

   d. _____ los jardines del Generalife

   e. _____ el Parque de María Luisa

Éste es el final del programa de laboratorio para el Capítulo 2. Ahora vas a escuchar el anuncio comercial que escuchaste en clase. Mientras escuchas, puedes mirar el guion del anuncio que está en el apéndice del manual.

Capítulo 3

La América precolombina

PRONUNCIACIÓN

The consonant *r*

The consonant **r** has two different pronunciations in Spanish: the flap sound as in **ahora,** similar to the double *t* sound in *butter* and *Betty,* and the trill sound as in **ahorra.** The **r** is pronounced with the trill only at the beginning of a word or after **l** or **n,** as in **rompía** and **sonríe** (*smiles*). The **rr** is always pronounced with the trill, as in **borracho.**

Actividad 1: Escucha y marca la diferencia. Mira los pares de palabras en el manual de laboratorio y marca la palabra que se dice en cada caso.

1. caro   carro

2. pero   perro

3. cero   cerro

4. ahora   ahorra

5. para   parra

6. moro   morro

Actividad 2: Escucha y repite. Escucha y repite las siguientes palabras relacionadas con la descripción física. Presta atención a la pronunciación de **r** y **rr.**

1. cara

2. redonda

3. triangular

4. verde

5. pelirrojo

6. color

7. pardo

8. rubia

Actividad 3: Escucha y repite. Escucha y repite las siguientes partes de la leyenda de Quetzalcóatl. Presta atención a la pronunciación de **r** y **rr**.

1. Quería i**r** a vivi**r** a la tie**rr**a.

2. Los dioses le enseña**r**on a obtene**r** el o**r**o.

3. Los toltecas se hicie**r**on **r**icos.

4. Quería da**r**les algo pa**r**a su futu**r**o.

5. Y de **r**epente vio un hormiguero.

6. Y colo**r**ín, colo**r**ado, esta leyenda ha terminado.

COMPRENSIÓN ORAL

Actividad 4: El pasado. Vas a escuchar cinco oraciones sobre los indígenas de Norte y Centro América. Para cada una indica si es:

a. una acción habitual en el pasado

b. una descripción en el pasado

c. una acción habitual en el presente

1. _____ 2. _____ 3. _____ 4. _____ 5. _____

Actividad 5: Descripción de delincuentes. Anoche un hombre y una mujer asaltaron (*held up*) un supermercado. Escucha a una locutora de radio mientras describe a los delincuentes y completa la cara de cada uno.

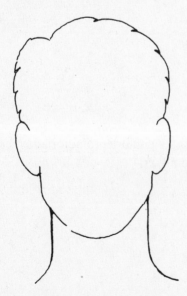 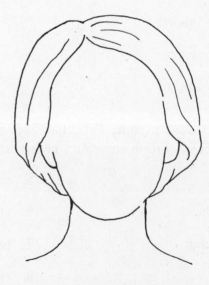

Actividad 6: Un día feriado. Hoy es feriado (*holiday*) y los empleados de una compañía se reúnen en un picnic. Entre los empleados se encuentran Juan y Lautaro, que están sorprendidos porque notan algunos aspectos de la personalidad de sus compañeros de trabajo que nunca ven en la oficina. Indica cómo es cada compañero y cómo se está comportando hoy.

	En la oficina es...	Hoy en el picnic está...
1. la jefa	_____	_____
2. Miguel	_____	_____
3. Juan José	_____	_____

ESTRATEGIA DE COMPRENSIÓN ORAL: *MAKING INFERENCES*

It is sometimes necessary to listen between the lines, that is, to extract information that is not said explicitly. Sometimes when you listen to a radio interview, for example, you cannot see the persons involved and, therefore, may have to infer their age as well as their attitude towards one another and towards what they are saying.

Actividad 7: Inferencias. Vas a escuchar tres conversaciones cortas. Intenta deducir qué ocurre en cada situación y marca tus deducciones en el manual de laboratorio.

Conversación 1

a. Le escribía a
- ☐ unos tíos.
- ☐ una amiga.
- ☐ sus abuelos.
- ☐ un amigo.

b. Le escribía
- ☐ un poema.
- ☐ un email.

c. Él se enojó porque
- ☐ el correo era muy caro.
- ☐ la/s otra/s persona/s no contestaba/n.

Conversación 2

a. Ellos tienen
- ☐ 10–12 años.
- ☐ 15–18 años.
- ☐ 40–50 años.

b. Están en
- ☐ una fiesta.
- ☐ un barco.
- ☐ una oficina.
- ☐ una clase.

c. El regalo es para
- ☐ un invitado.
- ☐ una prima.
- ☐ unos amigos.
- ☐ un compañero de trabajo.

Conversación 3

a. Él se siente
☐ preocupado.
☐ cansado.
☐ relajado.
☐ contento.

b. Ellos tienen
☐ 10–12 años.
☒ 23–28 años.
☐ 40–50 años.

c. Están en
☐ una sala.
☐ una cafetería.
☐ una cocina.
☐ una playa.

d. ¿Quién recibió la noticia?
☐ una niña
☐ un pariente
☐ unas niñas
☐ unos parientes

e. La noticia era de
☐ un trabajo mejor.
☐ una tragedia.
☐ un premio.
☐ un coche nuevo.

Actividad 8: Una noticia arqueológica.

Parte A: Antes de escuchar una noticia arqueológica por radio, para la grabación y lee la lista de verbos que aparecen en la noticia. Escribe una oración para predecir cuál es la noticia.

descubrieron	vivían
fue	estaban
había	encontraron

_____

_____

_____

Parte B: Ahora escucha la noticia para confirmar o corregir tu predicción.

Parte C: Escucha la noticia otra vez para contestar las preguntas en el manual de laboratorio.

1. ¿Cuánto tiempo hace que fue famoso este lugar? _____

2. ¿Cuántas pirámides había? _____

3. ¿Cuántos habitantes había? _____

4. ¿Cuál era el pasatiempo favorito de la gente? _____

5. ¿Qué cosas se encontraron?
a. _____

b. _____

Actividad 9: La leyenda del chocolate.

Parte A: La locutora de un programa de radio para niños va a contar una leyenda tolteca sobre cómo llegó el chocolate a la tierra. Los toltecas habitaron el sur de México y parte de Guatemala. El protagonista de la leyenda se llama Quetzalcóatl. Antes de escuchar la leyenda, para la grabación e intenta completar las ideas que se presentan en tu manual de laboratorio, usando lo que aprendiste en clase al escuchar la leyenda del maíz.

1. Quetzalcóatl era...

    a. el dios serpiente.

    b. el dios de las aguas.

    c. el dios del amor.

2. Antes de ir a vivir con los toltecas, Quetzalcóatl vivía en...

    a. el norte de México.

    b. el cielo.

    c. el mar.

Parte B: Ahora escucha el principio de la leyenda y marca las descripciones que escuchas.

1a. ☐ Los dioses vivían en una estrella gigante.　**1b.** ☐ Los dioses vivían en el cielo.

2a. ☐ Tenían pájaros.　**2b.** ☐ Tenían elefantes.

3a. ☐ Quetzalcóatl era el guardián.　**3b.** ☐ Quetzalcóatl era el jardinero.

4a. ☐ Había un arbusto (*shrub*) con florecitas.　**4b.** ☐ Había un león con su cría (*litter*).

Parte C: En el manual de laboratorio se encuentran, fuera de orden, los sucesos (*events*) de la leyenda del chocolate. Antes de escuchar, léelos y después, numera los sucesos mientras escuchas el resto de la leyenda.

a. _____ Algunos dioses no querían darle permiso.

b. _____ Finalmente le dieron permiso.

c. _____ Fue a pedirles permiso a los dioses.

d. _____ Fue al jardín para tomar unas semillas.

e. _____ Quetzalcóatl decidió vivir en la tierra.

f. _____ Fue al jardín y tomó unas semillas.

g. _____ Las llevó a la tierra.

h. _____ Su mamá lo vio.

Actividad 10: ¿Discriminación al indígena? Dos amigos hablan de la discriminación al indígena en México y Ecuador. Escucha la conversación y completa la información que aparece en el manual.

1. Ejemplos de discriminación en México según la mujer: (marca dos)

   a. ☐ Los indígenas siempre tienen que esperar en las oficinas públicas para que los atiendan.

   b. ☐ El gobierno les quita sus tierras.

   c. ☐ Los indígenas son criados (*servants*) en la televisión.

   d. ☐ La policía trata mal a los indígenas.

2. Guayasamín es _____ que _____

   _____

Éste es el final del programa de laboratorio para el Capítulo 3. Ahora vas a escuchar la leyenda que escuchaste en clase, **"La leyenda del maíz".** Mientras escuchas, puedes mirar el guion de la leyenda que está en el apéndice del manual.

Capítulo **4**

Llegan los inmigrantes

PRONUNCIACIÓN

Linking

In normal conversation, you link words as you speak to provide a smooth transition from one word to the next. In Spanish, when the last letter of a word is the same as the first letter of the following word, the last and first letters are pronounced almost as one letter; for example, **la_ascendencia, el_lugar.** Remember that the *h* is silent in Spanish, so the link occurs as follows: **la_habitante.** In addition, a word ending in a consonant usually can be linked to the next word if the latter begins with a vowel; for example, **los_extranjeros, el_orgullo.** It is also very common to link final vowels with beginning vowels, as in **la_emigrante.**

Actividad 1: Escucha y repite. Escucha y repite las siguientes ideas sobre la inmigración.

1. Se_hizo la_América.

2. La_esclava_hacía todo_el trabajo pesado.

3. Los descendientes_sabían que no le debían_nada_a nadie.

4. Tenían_incentivos para_abrirse_a nuevas_oportunidades.

5. No podemos_ignorar la_influencia que tienen los_inmigrantes.

6. Todos_eran_oriundos de_ese lugar.

Actividad 2: Escucha y repite. Escucha y repite lo que dice un cubano sobre su origen.

Mi bisabuelo_era_español, pero mi_origen se remonta más_atrás en la_historia. No sé mucho, pero_es_algo que me gustaría_investigar pues_existen archivos_excelentes_en Trinidad.

COMPRENSIÓN ORAL

Actividad 3: Mala suerte. Vas a escuchar a tres personas hablar de un problema que tuvo cada una. Escúchalas para deducir y marcar qué le pasó a cada persona.

1. _____ a la mujer.

2. _____ al hombre.

3. _____ a la esposa del señor.

a. Se le acabó la gasolina

b. Se le descompuso la computadora

c. Se le quedaron las llaves en el carro

d. Se le olvidó el nombre de una persona

e. Se le perdió la billetera (*wallet*)

f. Se le rompieron los pantalones

Actividad 4: Un crucigrama. Escucha las siguientes definiciones y completa el crucigrama con palabras relacionadas con la inmigración.

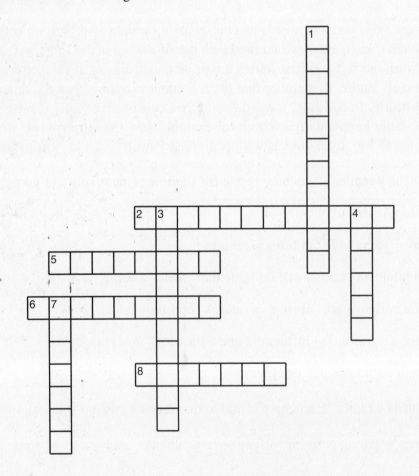

Actividad 5: Intenciones.

Parte A: Escucha las siguientes miniconversaciones y escribe qué iba a hacer la persona en cada caso y por qué no lo hizo.

1. Iba a _____ , pero _____

   _____ .

2. Iba a _____ , pero _____

   _____ .

3. Iba a _____ , pero _____

   _____ .

Parte B: Ahora escucha otras miniconversaciones e indica las obligaciones que tenían y si las hicieron o no. Si no, indica por qué.

	Obligación	**¿La completó?** **Sí. / No, porque...**
1.	Tener que _____	_____
	_____	_____
2.	Tener que _____	_____
	_____	_____
3.	Tener que _____	_____
	_____	_____

Actividad 6: El origen de tu familia.

Parte A: Rosa y Francisco hablan del origen de su familia. Escucha la conversación y marca las cosas que ha hecho Rosa, las cosas que ha hecho Francisco y las que no ha hecho ninguno de los dos.

		Rosa	Francisco	Ninguno de los dos
1.	Ha visto el árbol genealógico de su familia.	☐	☐	☐
2.	Ha hecho investigación sobre su familia en Internet.	☐	☐	☐
3.	Ha ido a otro país donde viven parientes suyos.	☐	☐	☐
4.	Ha aprendido bien la lengua de sus abuelos.	☐	☐	☐
5.	Ha salido con alguien de otra nacionalidad.	☐	☐	☐

Parte B: Ahora mira la lista de la Parte A y escribe las cosas que has hecho tú.

_____

_____

_____

Actividad 7: Perspectiva de inmigrantes.

Parte A: Vas a escuchar a dos amigos hablar sobre lo bueno y lo malo de vivir en otro país. Antes de escuchar la conversación, para la grabación y escribe dos ideas para indicar qué crees que es lo bueno y lo malo de vivir en otro país.

1. Lo bueno _____.

2. Lo malo _____.

Parte B: Ahora escucha a Ivo y a Andrea y escribe qué es para ellos lo bueno, lo malo y lo difícil de vivir en otro país.

1. Lo bueno (a) _____.

          (b) _____.

2. Lo malo _____.

3. Lo difícil _____.

Actividad 8: Inmigración a Perú.
Escucha a un profesor mientras habla de un grupo de inmigrantes que llegó a Perú y completa la tabla que aparece en el manual.

Nacionalidad y épocas importantes de emigración	Adónde fueron y por qué	Condiciones en su país de origen	Otros datos

---

ESTRATEGIA DE COMPRENSIÓN ORAL: *GUESSING MEANING FROM CONTEXT*

When listening, you will often come across words that are unfamiliar to you. In many cases these may be cognates, which are easily understood. In other cases, however, you will need to pay close attention to the context to guess the meaning of unfamiliar words.

Actividad 9: Un episodio. Escucha a una persona que describe qué le ocurrió una vez. Mientras escuchas, completa la tabla en el manual de laboratorio.

CIRCUNSTANCIAS				QUÉ OCURRIÓ
Edad	**Lugar**	**Tiempo**	**Emociones**	

Éste es el final del programa de laboratorio para el Capítulo 4. Ahora vas a escuchar la entrevista a un artista cubano que escuchaste en clase. Mientras escuchas, puedes mirar el guion de la entrevista que está en el apéndice del manual.

Capítulo 5

Los Estados Unidos: Sabrosa fusión de culturas

PRONUNCIACIÓN

The letters *b* and *v*

In most Spanish dialects there is no difference between the pronunciation of the letters **b** and **v**. When these letters occur at the beginning of a sentence, after a significant pause, or after **m** or **n** respectively, they are pronounced much like the *b* in the English word *boy*; for example, **legumbres, verduras.** In all other cases, they are pronounced by not quite closing the lips, as in **bebidas, apertivo.**

Actividad 1: Escucha y repite. Escucha y repite las siguientes palabras relacionadas con la comida, prestando atención a la pronunciación de la **b** y la **v.**

1. vaso
2. brócoli
3. vino tinto
4. berenjena
5. verduras frescas
6. botella
7. enviar

Actividad 2: Escucha y repite. Escucha y repite las siguientes partes de la conversación del libro de texto. Presta atención a la pronunciación de la **b** y la **v.**

1. Buen provecho.
2. Pero es verdad.
3. Bueno, está bien.
4. Pero, papi, no tengo mucha hambre.
5. Mi plátano no viene ni de Asia ni de las Islas Canarias.
6. ¡Por favor!

COMPRENSIÓN ORAL

Actividad 3: El crucigrama. Escucha las siguientes definiciones y completa el crucigrama con palabras relacionadas con la comida.

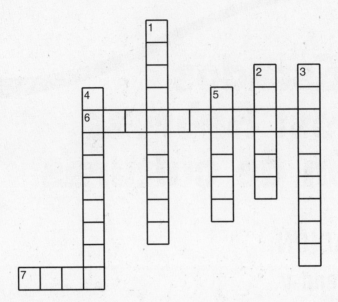

Actividad 4: Una receta. Escucha la receta que da un chef por la radio y numera los dibujos de la receta para ponerlos en orden.

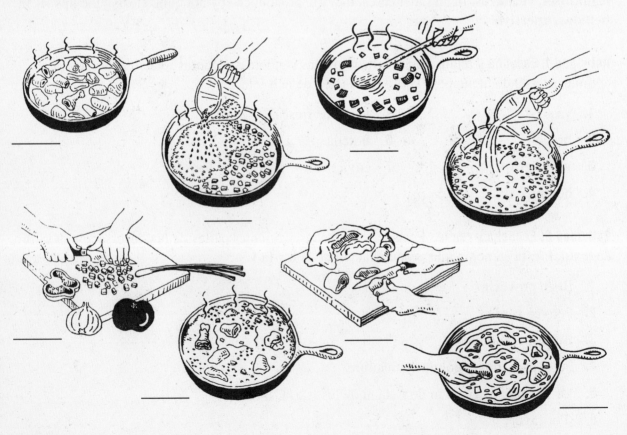

Actividad 5: Los consejos universitarios.

Parte A: Una muchacha va a ir a los Estados Unidos a estudiar en una universidad y les pide consejos académicos a unos amigos. Antes de escuchar, para la grabación y escribe dos consejos para un extranjero que quiera estudiar en tu universidad.

Tu primer consejo: _____

_____

Tu segundo consejo: _____

_____

Parte B: Ahora escucha la conversación y marca en la columna izquierda de la siguiente lista los cinco consejos que escuchas.

	Consejos que escuchas	Consejos que va a poner en práctica
1. aprender a buscar información en la biblioteca	❑	❑
2. asistir a clase	❑	❑
3. conocer a su consejero	❑	❑
4. tomar una clase fácil	❑	❑
5. estudiar desde el primer día	❑	❑
6. grabar las clases	❑	❑
7. matricularse por Internet	❑	❑
8. tomar una clase de redacción	❑	❑

Parte C: Escucha la conversación otra vez y marca en la columna de la derecha de la lista cuáles de los consejos crees que la muchacha va a poner en práctica.

Actividad 6: Un problema.

Parte A: Un muchacho llama al programa de radio "Los consejos de Consuelo". Escucha su problema.

Parte B: Ahora para la grabación e imagina que eres Consuelo. Escribe dos consejos para darle al muchacho. Usa expresiones como: **es aconsejable que, es preciso que, no es importante que, es importante que, es bueno que, es malo que.**

Tus consejos

1. _____

_____

2. _____

_____

Actividad 7: El cantante del mes. Escucha el siguiente programa de radio donde se habla sobre el cantante del mes. Escucha la información que se presenta sobre esa persona y completa la información que aparece en el manual de laboratorio.

Cantante del mes: Natalia Lafourcade

Nacionalidad: _____

Cantidad de premios de MTV: _____

Cantidad de nominaciones a Grammys: _____

Le gusta la música de _____ . (cantante)

Empezó a tocar instrumentos a los _____ años.

Tenía _____ años cuando conoció a su primer amor.

Temas de sus canciones:

- *cosas que les ocurren a los adolescentes*____

- _____

- _____

Su música tiene estilos de _____ , de _____ y de bossa nova.

Promociona su música en _____ y _____.

ESTRATEGIA DE COMPRENSIÓN ORAL: *DISTINGUISHING MAIN AND SUPPORTING IDEAS*

Distinguishing main ideas from supporting details can greatly aid your overall comprehension. Therefore, when listening, it is important to determine what the central topic is. Once you know the central topic, you can focus on how the speaker supports his or her points. As you listen to recordings to improve your comprehension of spoken Spanish, listen once to determine the central topics and then a second time to find the supporting ideas.

Actividad 8: Un anuncio informativo. Vas a escuchar un anuncio informativo. Necesitas averiguar cuál es la idea central del anuncio e identificar tres recomendaciones que se hacen.

Idea central:

_____

Ideas que apoyan (recomendaciones):

1. _____

2. _____

3. _____

Actividad 9: La comida de mi casa.

Parte A: Una muchacha mexicana y un joven puertorriqueño hablan sobre las comidas de sus países. Antes de escuchar la conversación, para la grabación y escribe tres comidas típicas de tu país.

1. _____

2. _____

3. _____

Parte B: Ahora escucha la conversación y completa la información que aparece en el manual.

México	Puerto Rico
Desayuno: huevos rancheros	Desayuno:
Almuerzo: hora:	Almuerzo: hora: 12 P.M.
La comida más fuerte es: (marca una) ☐ almuerzo ☐ cena	La comida más fuerte es: (marca una) ☐ almuerzo ☐ cena

Éste es el final del programa de laboratorio para el Capítulo 5. Ahora vas a escuchar la conversación que escuchaste en clase, **"En esta mesa se habla español"**. Mientras escuchas, puedes mirar el guion de la conversación que está en el apéndice del manual.

Capítulo 6

Nuevas democracias

PRONUNCIACIÓN

Spanish *p, t,* and [*k*]

The Spanish **p, t,** and [**k**] ([**k**] represents a sound) are unaspirated. This means that, unlike English, there is no puff of air when these sounds are pronounced. Listen to the difference: *potato,* **papa;** *tomato,* **tomate;** *cut,* **cortar.** To experience this difference, hold the back of your hand in front of your mouth and say *paper.* You should feel an explosion of air as you say the *p.* Now, hold your hand in front of your mouth and compress your lips as you say **papa** several times without allowing a puff of air.

Actividad 1: Escucha y repite. Escucha y repite las siguientes palabras relacionadas con la política y presta atención a la pronunciación de **p, t** y [**k**].

1. **c**orru**p**ción
2. **t**ra**t**ado
3. asun**t**o **p**olí**t**i**c**o
4. dis**c**riminar
5. **c**am**p**aña ele**c**toral
6. gol**p**e de es**t**ado

Actividad 2: Escucha y repite. Escucha y repite partes de la conversación del libro de texto. Presta atención a la pronunciación de **p, t** y [**k**] y a la unión de palabras.

1. Me **p**arece muy bien.
2. Mi **t**ío fue a un **c**oncierto **qu**e dio Sting.
3. Le fue im**p**osible **t**ocar en Chile la **c**anción.
4. Entonces se fue a Mendoza a **t**o**c**arla.
5. **Qu**ince mil chilenos **c**ruzaron la frontera **p**ara ir a escucharlo.
6. Fue res**p**onsable de la **t**or**t**ura y desa**p**arición de miles de **p**ersonas.

COMPRENSIÓN ORAL

Actividad 3: Personas famosas. Escucha estas descripciones de unas personas famosas. Indica para cada persona su nacionalidad, su ocupación y por qué es famosa.

	Nacionalidad	Ocupación	Por qué es famoso/a
1. Alex Rodríguez		jugador de béisbol	
2. Rebecca Lobo	norteamericana		
3. Óscar Arias		fue presidente	
4. Victoria Pueyrredón	argentina		
5. Ricky Martin		cantante	
6. María Izquierdo			pintó el cuadro *Sueño y premonición*

Actividad 4: Una candidata a representante estudiantil.

Parte A: Una muchacha, que es candidata a representante estudiantil de una facultad de sociología, le está hablando a un grupo de estudiantes sobre los problemas de esa facultad y las soluciones posibles. Antes de escucharla, para la grabación y escribe un problema que hay en tu universidad y una solución a ese problema.

Problema: Es lamentable que _____

_____.

Solución: Es preciso que _____

_____.

Parte B: Ahora escucha a la muchacha y anota los tres problemas de su facultad y las soluciones que ella ofrece.

	1	2	3
Problema			
Solución			

Parte C: Usa la información que apuntaste en la Parte B para escribir dos oraciones sobre el discurso de la muchacha. Indica en cada oración qué es lamentable (el problema) y qué es preciso (la solución).

1. Es lamentable _____

por eso es preciso _____ .

2. Es lamentable _____

por eso es preciso _____ .

Actividad 5: Una crítica de cine.

Parte A: Un locutor de radio va a hacer una crítica de *Fresa y chocolate,* la película cubana que fue nominada para el Oscar. Escucha su comentario y combina un nombre de la columna izquierda con un sustantivo de la columna derecha.

1. Gutiérrez Alea _____   **a.** actor (papel de David)

2. Coppelia _____   **b.** actor (papel de Diego)

3. Perugorria _____   **c.** ciudad

4. La Habana _____   **d.** heladería

5. Cruz _____   **e.** director

Parte B: Ahora escucha la crítica otra vez y contesta las preguntas que aparecen en el manual.

1. ¿De qué se trata la película? _____

_____

2. ¿Cuál es el tema principal? _____

_____

3. ¿Recomienda el locutor esta película? _____

_____

Actividad 6: ¿Un viaje fantástico?

Parte A: Una muchacha mexicana que acaba de regresar de Buenos Aires, Argentina, le está contando sobre su viaje a un amigo que ya conoce esa ciudad. Escucha la conversación y marca los lugares que ella visitó.

1. ☐ la calle Corrientes   **5.** ☐ la Plaza de Mayo

2. ☐ la calle Lavalle   **6.** ☐ la Recoleta

3. ☐ la Casa Rosada   **7.** ☐ el cementerio de la Recoleta

4. ☐ la Catedral

Parte B: Ahora escucha la conversación otra vez y apunta la información que da el hombre sobre los tres lugares que ella no visitó.

1. _____

2. _____

3. _____

Parte C: Ahora imagina que eres el hombre y escribe oraciones para decir por qué es lamentable, es una pena o te sorprende que ella no haya visitado esos lugares.

1. _____

_____

_____

2. _____

_____

_____

Actividad 7: Características de un político.

Parte A: Consuelo, la locutora de un programa de radio, le pregunta a la gente cuáles son las características que necesita un político para tener éxito. Escucha las llamadas y apunta las cuatro características que se mencionan.

1. _____

2. _____

3. _____

4. _____

Parte B: Ahora usa tus apuntes para escribir oraciones con las dos características que a ti te parecen las más importantes de las cuatro. Usa expresiones como: **es bueno que, es importante que, es fundamental que.**

1. _____

2. _____

Actividad 8: El voto obligatorio.

Parte A: Vas a escuchar a una argentina y un estadounidense hablar sobre el voto. En Argentina el voto es obligatorio y en los Estados Unidos es opcional. Antes de escuchar la conversación, para la grabación y escribe un aspecto positivo y un aspecto negativo sobre el voto obligatorio.

1. Creo que _____ .

2. Dudo que _____ .

Parte B: Ahora escucha la conversación y completa las ideas sobre Argentina que aparecen en el manual de laboratorio.

1. En Argentina, votar es una obligación y un _____ .

2. La gente vota en blanco cuando _____

   _____ .

3. Para votar, uno debe presentar _____ .

4. Si la persona no vota, _____ .

5. La gente se informa sobre los candidatos a través de _____

   _____ .

ESTRATEGIA DE COMPRENSIÓN ORAL: *DISTINGUISHING FACT FROM OPINION*

There are times when facts can be presented in an opinionated fashion. Whether you are listening to a newscast, an editorial, or a simple conversation between friends, it is important to separate facts from opinions. Notice how changing a single adjective can alter how an event is perceived by the listeners: *An angry crowd gathered in front of the White House / A spirited crowd gathered in front of the White House.* Therefore, it is important to know, if possible, the bias of the speaker to whom you are listening.

Actividad 9: ¿Ayuda norteamericana? Carmen y Ramiro hablan sobre el beneficio de que los Estados Unidos se alíen (*ally*) con los países latinoamericanos. Escucha la conversación y completa la información que aparece en el manual.

1. Carmen cree que la alianza (*alliance*) puede traer estabilidad _____ .

2. Carmen cree que los EE.UU. pueden (marca dos)

   a. ☐ combatir el tráfico de drogas.

   b. ☐ dar préstamos.

   c. ☐ invertir dinero.

   d. ☐ abrir fábricas.

   e. ☐ ofrecer ayuda militar.

3. Para Ramiro la solución es _____

   _____ .

Éste es el final del programa de laboratorio para el Capítulo 6. Ahora vas a escuchar la conversación que escuchaste en clase, **"Nadie está inmune"**. Mientras escuchas, puedes mirar el guion de la conversación que está en el apéndice del manual.

Capítulo 7

Nuestro medio ambiente

COMPRENSIÓN ORAL

Actividad 1: Deportes de aventura. Vas a escuchar definiciones de deportes de aventura. Escribe el número de la definición al lado del deporte que se describe.

_____ hacer esquí alpino   _____ escalar

_____ bucear   _____ hacer esquí acuático

_____ acampar   _____ hacer snorkel

_____ hacer esquí nórdico   _____ hacer alas delta

_____ hacer surf

Actividad 2: Inferencias. Vas a escuchar tres conversaciones cortas. Intenta deducir qué ocurre en cada situación y marca tus deducciones en el manual de laboratorio.

Conversación 1

a. Están en
- ☐ una fiesta.
- ☐ un supermercado.
- ☐ una tienda de ropa.
- ☐ una oficina.

b. La mujer es
- ☐ una supervisora.
- ☐ una cajera.
- ☐ una cliente.
- ☐ una oficinista.

c. El hombre es
- ☐ un supervisor.
- ☐ un oficinista.
- ☐ un cliente.
- ☐ un cajero.

d. El hombre no necesita
- ☐ comida.
- ☐ papel.
- ☐ más trabajo.
- ☐ bolsas.

Continúa →

Conversación 2

a. Las personas que hablan probablemente son

☐ vecinos.   ☐ esposos.

☐ hermanos.   ☐ amigos.

b. Hablan de   ☐ su vecino.   ☐ sus amigos.

☐ sus hijos.   ☐ su hija.

c. La mujer ya les ha dicho muchas veces que

☐ hagan la tarea.   ☐ ordenen la habitación.

☐ apaguen la luz.   ☐ sean honestos.

Conversación 3

a. Las personas que hablan son

☐ esposos.   ☐ hermanos.

☐ abuelo y nieta.

b. Él compró   ☐ bombones.   ☐ un par de aretes.

☐ flores.   ☐ unos videos.

c. Son para   ☐ su madre.   ☐ una prima.

☐ un amigo.   ☐ su esposa.

d. El motivo es   ☐ el cumpleaños de ella.

☐ su aniversario de casados.

☐ un ascenso en el trabajo.

Actividad 3: Sugerencias.

Parte A: Antes de escuchar un anuncio sobre cómo conservar agua en el baño, para la grabación y marca las cuatro sugerencias que en tu opinión son las mejores.

	Tus sugerencias	Sugerencias del anuncio
1. cerrar el grifo (*faucet*) mientras uno se afeita	☐	☐
2. cerrar el grifo mientras uno se lava los dientes	☐	☐
3. instalar una ducha que consuma poca agua	☐	☐
4. no usar el inodoro (*toilet*) como basurero	☐	☐
5. poner una botella con piedras en el tanque del inodoro	☐	☐
6. darse duchas cortas	☐	☐

Parte B: Ahora escucha el anuncio y marca en la lista de la Parte A las cuatro sugerencias que escuchas.

Actividad 4: En busca de ayuda.

Parte A: Un muchacho llama a una asociación de psicólogos que ofrecen ayuda por teléfono. Escucha la conversación y marca los cuatro problemas que tiene el muchacho.

1. Cree que no es una persona atractiva. ☐

2. Cree que no es una persona interesante. ☐

3. Discutió con un profesor. ☐

4. No hay nadie que escuche sus problemas. ☐

5. No hay nadie que quiera salir con él. ☐

6. No tiene ganas de estudiar. ☐

7. Saca malas notas en la facultad. ☐

8. Tiene problemas con su jefe. ☐

9. Tiene problemas con su novia. ☐

Parte B: Ahora para la grabación y escribe dos consejos que puedes darle a este muchacho. Usa expresiones como: **te aconsejo que, es importante que, es necesario que.**

1. _____

_____

2. _____

_____

Actividad 5: Quiero un lugar...

Parte A: Un joven mexicano, que vive en el D. F. (la ciudad de México), le está describiendo a una amiga el lugar ideal para vivir. Escucha la conversación y marca las tres características que busca el joven en un lugar.

1. que esté cerca del mar ☐

2. que haga calor ☐

3. que haya poco crimen ☐

4. que tenga aire puro ☐

5. que sea tranquilo ☐

6. que sea un centro urbano ☐

7. que tenga buenas escuelas ☐

Parte B: Escucha la conversación otra vez y escribe las dos cosas que está haciendo el gobierno mexicano para controlar la contaminación en el D. F.

1. _____

2. _____

Actividad 6: La agencia de viajes. Una muchacha está hablando por teléfono con un agente de viajes pues quiere que le recomiende un lugar de vacaciones. Escucha la conversación y apunta en cada sección la información apropiada.

Tipo de lugar que busca

1. _____

2. _____

3. _____

Lugares que sugiere el agente de viajes

1. _____

2. _____

Qué hay en el primer lugar

1. _____

2. _____

Qué hay en el segundo lugar

1. _____

2. _____

ESTRATEGIA DE COMPRENSIÓN ORAL: *LISTENING TO A NEWS STORY*

A news story usually answers the questions *what? when? where?* and *how?* Therefore, it is useful to have these questions in mind when you listen to a news story.

Actividad 7: Una noticia ecológica. Vas a escuchar una noticia ecológica. Apunta la información apropiada para cada pregunta.

¿Cuándo? _____

¿Qué? _____

¿Dónde? _____

¿Qué afectó? _____

Actividad 8: El ecoturismo. Carlos y una amiga hablan sobre el ecoturismo en Costa Rica y las islas Galápagos. Escucha la conversación y marca los dos problemas que tiene Costa Rica según Carlos.

Problemas de Costa Rica según Carlos

1. ☐ demasiados autobuses para turistas

2. ☐ muchos turistas

3. ☐ muchas industrias

4. ☐ deforestación

Éste es el final del programa de laboratorio para el Capítulo 7. Ahora vas a escuchar la conversación que escuchaste en clase, **"Unas vacaciones diferentes"**. Mientras escuchas, puedes mirar el guion de la conversación que está en el apéndice del manual.

Capítulo **8**

Hablemos de trabajo

COMPRENSIÓN ORAL

Actividad 1: El crucigrama. Escucha las siguientes definiciones y completa el crucigrama con palabras relacionadas con el trabajo.

Actividad 2: Consejos laborales.

Parte A: Una persona llama a un programa de radio para pedir consejos sobre un problema laboral. Escucha la conversación y apunta el problema que tiene la persona.

Problema: _____

_____

Parte B: Antes de escuchar a la consejera, para la grabación y escribe un consejo para esta persona usando **antes de que, en caso de que** o **a menos que.**

Tu consejo: _____

_____

Parte C: Ahora escucha a la consejera y marca el consejo que ella le da.

1. ir a hablar con su jefe ☐

2. buscar otro trabajo ☐

3. no darle importancia al rumor ☐

4. averiguar más sobre el rumor ☐

5. tomarse unas vacaciones ☐

Actividad 4: El consejero matrimonial.

Parte A: Una pareja va a ver a un consejero matrimonial porque tiene problemas. Escucha la conversación e indica qué dice el hombre y qué dice la mujer.

	Hombre	Mujer
1. "Nunca escucha lo que digo."	☐	☐
2. "Siempre habla hasta por los codos."	☐	☐
3. "¿Quieres hablar de nuestra falta de comunicación?"	☐	☐
4. "Tú te dormiste antes que yo."	☐	☐
5. "Un día voy a tirar el televisor por la ventana."	☐	☐

Parte B: Ahora para la grabación y escribe qué dijo cada uno, usando el estilo indirecto. Por ejemplo: **Él dijo que ella se había quedado dormida primero.**

1. _____

_____

2. _____

_____

3. _____

_____

4. _____

_____

5. _____

_____

Actividad 4: El sofá perfecto.

Parte A: Una muchacha le está contando a un amigo cómo es el sofá que ella quiere diseñar. Antes de escuchar la conversación, marca tres características que te gustaría tener en un sofá.

	Tus preferencias	**Sus preferencias**
1. tener revistero (*magazine rack*)	☐	☐
2. ser reclinable	☐	☐
3. tener control remoto	☐	☐
4. tener lámpara	☐	☐
5. tener un cajón (*drawer*) multiuso	☐	☐
6. dar masajes	☐	☐
7. emitir calor en invierno y frío en verano	☐	☐
8. tener un apoyalibros (*book holder*) con luz	☐	☐

Parte B: Ahora escucha la conversación y marca en la lista de la Parte A las tres características que menciona la muchacha.

Parte C: Ahora para la grabación y escribe para qué sirven las tres características que discutieron los amigos. Usa expresiones como: **para que, sin, en caso de que, a menos que.**

1. _____

2. _____

3. _____

Actividad 5: Entrevista a un profesor de inglés.
La locutora de un programa de radio entrevista a un profesor de inglés como lengua extranjera que fue nombrado "Profesor del año". Escucha la entrevista y marca tres cosas que hace un buen profesor.

1. no explicar gramática en clase	☐
2. hablar sólo el idioma extranjero	☐
3. indicar qué tarea hay que entregar (*hand in*)	☐
4. dar instrucciones claras	☐
5. preguntar "¿Entienden?" con frecuencia	☐
6. dar exámenes sorpresa	☐
7. hacer que la clase trabaje en grupos	☐
8. hacer preguntas para asegurarse que los alumnos entendieron	☐

Actividad 6: Cómo buscar trabajo.

Parte A: Un locutor de radio entrevista a una empresaria sobre la mejor manera de buscar trabajo. Escucha la conversación y apunta los cinco consejos que da la empresaria.

1. _____

2. _____

3. _____

4. _____

5. _____

Parte B: Ahora para la grabación e imagina que tienes que darle dos consejos a una amiga que tiene una entrevista laboral mañana. Escribe los consejos usando frases como: **te aconsejo que, te recomiendo que, es importante que, para que, a menos que.**

1. _____

_____

2. _____

_____

Actividad 7: La entrevista laboral.
Victoria Álvarez se presenta para un puesto de recepcionista en un hotel. Escucha la entrevista con el gerente y marca la experiencia y los conocimientos que tiene esta candidata.

1. Es capaz de negociar conflictos. ☐

2. Ha trabajado con adultos. ☐

3. Ha usado Dreamweaver. ☐

4. Ha trabajado con niños. ☐

5. Ha estudiado idiomas extranjeros. ☐

6. Ha tomado cursos de computación. ☐

7. Ha trabajado con Microsoft Word. ☐

8. Ha tenido muchos trabajos. ☐

ESTRATEGIA DE COMPRENSIÓN ORAL: *TAKING NOTES (PART 1)*

Taking notes can aid you in organizing and understanding information you listen to. You usually take notes when you listen to a lecture in class. One way of practicing note taking is by filling out an outline, as you will be able to do in the following activity.

Actividad 8: El ALCA. Una profesora habla sobre los pros y los contras del Área de Libre Comercio de las Américas, un tratado (*treaty*) de comercio libre desde Alaska a Tierra del Fuego, Argentina. Escucha y completa el siguiente bosquejo (*outline*).

ALCA (Área de Libre Comercio de las Américas)
Pros   1. _____   _____   2. _____   _____   3. _____   _____
Contras   1. _____   _____   2. _____   _____   3. _____   _____

Éste es el final del programa de laboratorio para el Capítulo 8. Ahora vas a escuchar las entrevistas que escuchaste en clase, **"Un trabajo en el extranjero"**. Mientras escuchas, puedes mirar el guion de las entrevistas que está en el apéndice del manual.

Capítulo 9

Es una obra de arte

COMPRENSIÓN ORAL

Actividad 1: Vocabulario artístico. Vas a escuchar definiciones de palabras relacionadas con el arte. Escribe el número de la definición al lado de la palabra que se define en cada caso.

_____ el autorretrato

_____ la burla

_____ censurar

_____ la fuente de inspiración

_____ interpretar

_____ la naturaleza muerta

_____ la obra maestra

_____ la reproducción

_____ simbolizar

Actividad 2: ¿Qué es arte? Cuatro personas llaman a un programa de radio para decir qué es arte. Escucha las llamadas e indica la definición que da cada persona.

Arte es...

1. _____ Raúl   **a.** la expresión del artista.

2. _____ Carlota   **b.** cualquier cosa que expresa lo que una persona siente.

3. _____ Olga   **c.** objetos de mucho valor.

4. _____ Carlos   **d.** un cuadro.

                               e. cosas que crea un experto en el tema.

Actividad 3: Me importaba mucho.

Parte A: Marcos y Julia están hablando de las cosas que eran importantes para ellos cuando tenían 12 años. Escucha la conversación y marca las tres cosas que eran importantes para Julia y las dos cosas que eran importantes para Marcos. ¡Ojo! Hay una cosa que era importante para los dos.

	Julia	Marcos
1. cuidar el físico	☐	☐
2. fumar	☐	☐
3. llevar ropa de moda	☐	☐
4. ser como sus amigos/as	☐	☐
5. ser popular	☐	☐
6. sus amigos/as respetarlo/a	☐	☐
7. tener amigos/as populares	☐	☐
8. tener muchas cosas	☐	☐

Parte B: Ahora para la grabación y escribe dos oraciones para expresar las cosas que te interesaban cuando eras adolescente. Usa palabras como: **importarle, interesarle, querer, ser preciso.**

1. _____

   _____

2. _____

   _____

Actividad 4: La batalla de Rockefeller.
La locutora de un programa de radio cuenta una historia sobre el muralista mexicano Diego Rivera. Mientras la escuchas, intenta completar la tabla que se presenta.

Historia sobre Diego Rivera

Ciudad:	Edificio:
Ideas políticas del mural: 1.	2.
Qué provocó el escándalo: 1.	2.
Qué se hizo con el mural:	
Qué hay en la ciudad de México:	

Actividad 5: Un museo chileno. Escucha la descripción del Museo de la Solidaridad Salvador Allende y contesta las preguntas que aparecen en el manual.

1. ¿Quién decidió crear un museo en Chile? _____

2. ¿En honor a quién? _____

3. ¿Cuántas obras se donaron entre 1971 y 1973? _____

4. ¿Qué tipo de obras de arte se donaron? _____

   _____

5. ¿Qué ocurrió el 11 de septiembre de 1973? _____

   _____

6. ¿Quiénes recolectaron las obras donadas después de 1973? _____

   _____

7. ¿En qué año se inauguró el museo? _____

8. ¿Cuántas obras tiene el museo hoy día? _____

ESTRATEGIA DE COMPRENSIÓN ORAL: *TAKING NOTES (PART 2)*

In Chapter 8, you practiced taking notes with the help of an outline. Another useful tip when taking notes is to listen for transition words which indicate the next step of the speech, such as introducing, explaining, or giving an example. In the following activity, you will be given a list of transition words to listen for as you hear someone discussing a famous painting.

Actividad 6: *Las meninas.*

Parte A: Eres parte de un grupo de turistas en el Museo del Prado en Madrid, y un guía del museo va a describir el cuadro que aparece en la página siguiente. Antes de escuchar al guía, para la grabación e intenta numerar a los personajes del siguiente cuadro usando la lista de nombres que lo acompaña.

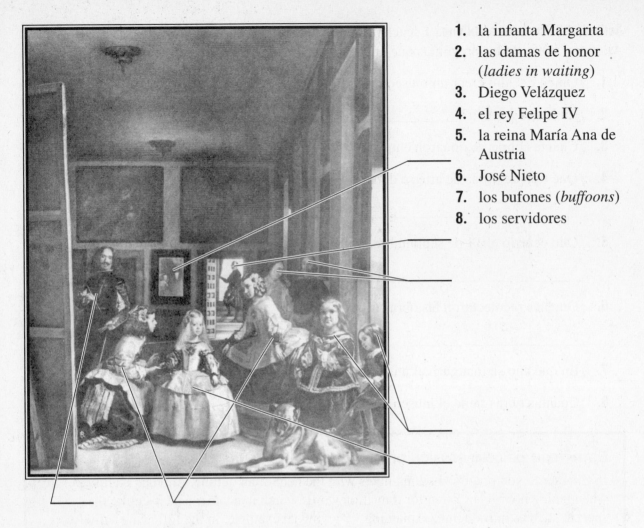

1. la infanta Margarita
2. las damas de honor (*ladies in waiting*)
3. Diego Velázquez
4. el rey Felipe IV
5. la reina María Ana de Austria
6. José Nieto
7. los bufones (*buffoons*)
8. los servidores

Parte B: Ahora escucha al guía para confirmar o corregir los números que colocaste.

Parte C: Escucha la descripción otra vez y marca en la tabla las expresiones que usa el guía al hablar sobre esta obra maestra.

Para presentar un tema	Para dar información
❏ empezaré por	❏ como pueden ver
❏ en primer lugar	❏ fíjense (que)
❏ por una parte	❏ recuerden que
Para concluir	**Para resumir**
❏ finalmente	❏ en pocas palabras
❏ para terminar	❏ en resumen
❏ por último	❏ en resumidas cuentas

Actividad 7: Un cuadro diferente.

Parte A: Unos amigos hablan sobre la siguiente pintura. Escucha la conversación y completa la información que aparece en el manual.

1. El pintor es

   a. ☐ Pablo Picasso.

   b. ☐ Diego Velázquez.

   c. ☐ Ramiro Arango.

2. Esta obra de arte se llama _____.

3. Esta obra se burla de un cuadro de Diego Velázquez llamado _____ .

4. Esta obra usa la naturaleza muerta para _____ de _____

   _____ .

Parte B: En la conversación, la muchacha dice que la gente hoy día no se identifica con las obras de la antigüedad. Su amigo, en cambio, cree todo lo contrario. Para la grabación y escribe una oración que explique lo que tú crees y por qué.

_____

_____

_____

Éste es el final del programa de laboratorio para el Capítulo 9. Ahora vas a escuchar la conversación que escuchaste en clase, **"Entrevista a una experta en artesanías"**. Mientras escuchas, puedes mirar el guion de la conversación que está en el apéndice del manual.

Capítulo 10

Las relaciones humanas

COMPRENSIÓN ORAL

Actividad 1: El crucigrama. Escucha las siguientes definiciones y completa el crucigrama con palabras relacionadas con la sociedad.

Actividad 2: La comunicación.

Parte A: Un locutor de radio va a dar consejos para mejorar la comunicación entre padres e hijos. Escucha y marca los dos consejos que da el locutor.

1. contestar las preguntas del hijo con sinceridad ☐
2. escuchar a su hijo ☐
3. no burlarse de su hijo ☐
4. tener en cuenta sus sentimientos ☐
5. no castigarlo severamente ☐

Parte B: Ahora para la grabación e imagina que eres el locutor o la locutora del programa. Escribe dos consejos más para decirles a los padres lo que harías tú en su lugar para mejorar la comunicación con sus hijos.

1. En su lugar, yo _____

_____ .

2. Yo que Uds., _____

_____ .

Actividad 3: Consejos amorosos.

Parte A: Un joven llama al programa de radio "Los consejos de Consuelo" para pedir un consejo. Escucha y apunta su problema y el consejo que le da Consuelo.

Problema: _____

_____

Consejo: _____

_____

Parte B: Ahora para la grabación y escribe un consejo que le darías tú al joven si fueras Consuelo.

Si fuera Consuelo, yo le diría que _____

_____ .

Actividad 4: Promesas matrimoniales.

Parte A: Vas a escuchar a una pareja de novios que se hacen promesas para el futuro. Antes de escuchar la conversación, para la grabación y escribe tres promesas que hace un novio o una novia antes de casarse.

1. Nunca _____

2. _____

3. _____

Parte B: Ahora escucha a la pareja y completa la tabla con las tres promesas que hace ella y las tres que hace él.

Promesas matrimoniales	
Ella	**Él**
1. Lo hará feliz.	**1.** _____
2. _____	_____
_____	**2.** _____
3. _____	_____
_____	**3.** Nunca _____
	_____

Actividad 5: Un programa de inglés.

Parte A: Vas a escuchar un anuncio comercial sobre un programa de intercambio para ir a estudiar inglés a los Estados Unidos. Para la grabación y marca las cosas que te gustaría hacer si fueras una persona que llegara a estudiar a los Estados Unidos.

	Tú	El anuncio
1. tener cinco horas de clase al día	☐	☐
2. vivir con una familia americana	☐	☐
3. quedarse en un hotel de cuatro estrellas	☐	☐
4. hablar inglés con americanos	☐	☐
5. aprender expresiones informales	☐	☐
6. visitar lugares de interés turístico	☐	☐
7. recibir un certificado al terminar	☐	☐

Parte B: Ahora escucha el anuncio comercial y marca en la lista de la Parte A las cuatro cosas que ofrece el programa de inglés.

Actividad 6: ¿Tener hijos? Dos amigos están hablando sobre lo que implica tener hijos. Escucha la conversación y marca las ventajas y desventajas que mencionan.

Ventajas	Desventajas
1. ☐ ser una experiencia enriquecedora	1. ☐ necesitar mucha paciencia
2. ☐ ver crecer a un ser humano	2. ☐ necesitar mucho dinero
3. ☐ afianzar (*strengthen*) la pareja	3. ☐ no poder desarrollarse profesionalmente
4. ☐ compartir la vida con otro ser humano	4. ☐ preocuparse por más problemas
5. ☐ madurar como persona	5. ☐ ser mucho trabajo

Actividad 7: El Día Internacional de la Mujer. La comentarista de un programa de radio habla sobre el Día Internacional de la Mujer. Escucha y completa la tabla que aparece en el manual.

Día Internacional de la Mujer

1. Fecha: _____

2. Mujeres que trabajan: _____ %

3. Motivos:

   a. _____

   b. _____

4. Con el dinero que el gobierno les presta (*lend*), las mujeres _____
_____.

5. El sueldo de una mujer es _____ % menor que el del hombre.

6. En algunos lugares el sueldo es _____ % menor que el del hombre.

ESTRATEGIA DE COMPRENSIÓN ORAL: *TAKING NOTES (PART 3)*

In Chapter 9, you practiced listening for transition words, which clue you into knowing when a speaker is introducing, explaining, or summarizing a topic. Other transition words that are helpful to listen for when taking notes are the ones speakers use when comparing or contrasting ideas. In the following activity, you will be given a list of expressions to listen for as you hear two people comparing the roles of men and women in a Hispanic country.

Actividad 8: El hombre y la mujer.

Parte A: Teresa y Juan discuten el papel del hombre y de la mujer en un país hispanoamericano. Escucha la conversación y marca la información correcta.

1. Según Teresa, la sociedad espera que las mujeres trabajen

  a. ☐ más que los hombres.

  b. ☐ menos que los hombres.

  c. ☐ tanto como los hombres.

2. Según Teresa, la sociedad trata a las mujeres

  a. ☐ igual que a los hombres.

  b. ☐ diferente que a los hombres.

3. Según Teresa, la mujer debe (marca 5)

  a. ☐ ayudar a los niños con su tarea.

  b. ☐ ser una madre perfecta.

  c. ☐ cuidar al marido.

  d. ☐ estar siempre hermosa.

  e. ☐ hacer la comida.

  f. ☐ hacerse cargo (*be in charge*) de la casa.

  g. ☐ trabajar fuera de la casa.

Parte B: Escucha la conversación otra vez y marca en la tabla las expresiones que Teresa y Juan usan al hablar sobre el hombre y la mujer en la sociedad.

Para comparar (marca 2)	**Para contrastar** (marca 2)
☐ (al) igual que	☐ a diferencia de
☐ de la misma manera	☐ diferenciarse de
☐ del mismo modo	☐ en cambio
☐ tan (*adjetivo*) como	☐ en contraste con
☐ tanto… como…	☐ más/menos (*adjetivo/sustantivo*) que
	☐ por un lado… por otro lado
	☐ no obstante, sin embargo

Éste es el final del programa de laboratorio para el Capítulo 10. Ahora vas a escuchar las entrevistas que escuchaste en clase, **"¡Que vivan los novios!"**. Mientras escuchas, puedes mirar el guion de las entrevistas que está en el apéndice del manual.

Capítulo 11

Drogas y violencia

COMPRENSIÓN ORAL

Actividad 1: Noticias.

Parte A: Vas a escuchar unas noticias. Para cada caso, indica el delito que se cometió.

_____ asesinato   _____ secuestro   _____ terrorismo

_____ atraco   _____ soborno   _____ tráfico de drogas

_____ robo   _____ suicidio   _____ violación

Parte B: Ahora escucha las noticias otra vez y completa, de una forma lógica, las oraciones que aparecen en el manual de laboratorio.

Noticia No. 1: La policía busca a alguien que _____

_____ .

Noticia No. 2: La policía duda que _____

_____ .

Noticia No. 3: La policía buscaba una carta que _____

_____ .

Noticia No. 4: La policía esperaba que _____

_____ .

Actividad 2: Un anuncio informativo.

Parte A: Vas a escuchar un anuncio informativo sobre el peligro de conducir un carro después de beber alcohol. Antes de escuchar el anuncio, para la grabación y bajo la columna que dice "Tú", marca las tres consecuencias más graves de beber alcohol.

	Tú	El anuncio
1. euforia	☐	☐
2. falta de concentración	☐	☐
3. inseguridad	☐	☐
4. nervios	☐	☐
5. reflejos lentos	☐	☐
6. sueño	☐	☐
7. visión borrosa (*blurry*)	☐	☐

Parte B: Ahora escucha el anuncio y marca bajo la columna "El anuncio" de la Parte A las tres consecuencias que escuchas.

Actividad 3: Una solución al cigarrillo.

Parte A: La siguiente noticia explica cómo ayuda el gobierno de Navarra, España, para que la gente deje de fumar. Escucha la noticia y completa la información que aparece en el manual.

1. productos con descuento: pastillas y _____

2. porcentaje de cada producto que pagará el gobierno: _____ %

3. lugar donde se obtiene la receta (*prescription*) de descuento: _____

    _____

4. edad mínima para comprar cigarrillos desde hoy: _____

Parte B: Ahora, para la grabación y di qué piensas de la idea de que el gobierno ofrezca esa ayuda a los fumadores.

_____

_____

Actividad 4: El mundo del futuro.

Parte A: Dos jóvenes están hablando de las cosas que ya habrán ocurrido dentro de 40 años. Escucha la conversación y marca las dos situaciones que predice cada uno.

	Él	Ella
1. legalizar las drogas	☐	☐
2. aprobar una ley para poder portar armas	☐	☐
3. no haber más policía	☐	☐
4. erradicar el hambre	☐	☐

Parte B: Ahora para la grabación y escribe dos oraciones sobre cosas que crees que ya habrán ocurrido dentro de 40 años.

1. Dentro de 40 años _____

_____ .

2. Dentro de 40 años _____

_____ .

Actividad 5: Un programa de radio.

Parte A: Consuelo, la locutora de radio, cuenta una situación problemática. Escucha y numera las acciones en el orden en que sucedieron.

a. _____ Dos niños robaron un lápiz.

b. _____ Los dos niños fueron castigados enfrente de los estudiantes.

c. _____ Los estudiantes salieron a jugar al patio.

d. _____ Los niños fueron a hablar con la directora.

e. _____ Una maestra vio a los dos niños.

Parte B: Ahora para la grabación y escribe qué habrías hecho tú si hubieras estado en el lugar de la directora y qué habrías hecho si hubieras sido el padre o la madre de uno de los niños.

1. Si hubiera estado en el lugar de la directora, _____

_____ .

2. Si hubiera sido uno de los padres, _____

_____ .

Parte C: Ahora para la grabación y lee las acciones que aparecen en el manual de laboratorio. Luego escucha la opinión de un señor, y marca tres cosas que habría hecho él en el lugar de la directora y tres cosas que habría hecho en el lugar de los padres.

1. **En el lugar de la directora**

   a. ☐ Habría hecho lo mismo.

   b. ☐ No le habría dado importancia al caso.

   c. ☐ Habría hablado con los padres.

   d. ☐ Habría hablado con los maestros.

   e. ☐ Les habría dado más tarea como castigo.

   f. ☐ Habría hecho que los niños fueran a la escuela un sábado.

2. **En el lugar de los padres**

   a. ☐ Habría demandado (*sued*) a la escuela.

   b. ☐ Habría hablado con la directora.

   c. ☐ Le habría preguntado al niño por qué hizo eso.

   d. ☐ Habría castigado al niño.

   e. ☐ Habría sacado al niño de la escuela.

   f. ☐ Le habría dicho a la directora que no humillara a los niños.

ESTRATEGIA DE COMPRENSIÓN ORAL: *TAKING NOTES (PART 4)*

In Chapter 10, you practiced listening for transition words, that clue you into knowing when a speaker is comparing and contrasting. Other transition words that are useful to listen for when taking notes are the ones speakers use when discussing cause and effect. In the following activity, you will be given a list of expressions to listen for as you hear two people discussing the legalization of drugs.

Actividad 6: El consumo de las drogas.

Parte A: Rubén y Marisa hablan sobre la legalización de la mariguana. Escucha la conversación y completa la información que aparece en el manual.

1. Para Rubén, si se legaliza la mariguana, (marca 3)

   a. ☐ se creará una narcodemocracia.

   b. ☐ habrá más adictos.

   c. ☐ habrá más adictos entre los menores de edad.

   d. ☐ habrá más violencia.

   e. ☐ la sociedad será un caos.

2. Para Marisa, si se legaliza la mariguana, (marca 2)

   a. ☐ habrá menos adictos.

   b. ☐ esto no afectará el consumo.

   c. ☐ no habrá traficantes que ganen tanto dinero.

   d. ☐ habrá menos violencia.

3. La solución para Rubén es _____

_____

Parte B: Escucha la conversación otra vez y marca en la tabla las expresiones que Rubén y Marisa usan al hablar sobre la legalización de la mariguana.

Causa y efecto (marca 4)	
☐ a causa de (que)	☐ por eso
☐ así que	☐ por lo tanto
☐ causar, provocar	☐ porque
☐ como consecuencia	☐ el resultado
☐ deberse a (que)	☐ traer como resultado
☐ el factor, la causa	☐ una razón por la cual

Éste es el final del programa de laboratorio para el Capítulo 11. Ahora vas a escuchar la entrevista que escuchaste en clase, **"¿Coca o cocaína?"**. Mientras escuchas, puedes mirar el guion de la entrevista que está en el apéndice del manual.

Capítulo 12

La comunidad latina en los Estados Unidos

COMPRENSIÓN ORAL

Actividad 1: Una entrevista de radio.

Parte A: Vas a escuchar una entrevista de una emisora de radio de Los Ángeles con un asistente social. Mientras escuchas la entrevista, indica si las oraciones que aparecen en el manual de laboratorio son ciertas (C) o falsas (F).

1. _____ Las familias hispanas no castigan a sus hijos.

2. _____ La ley de Los Ángeles protege a los niños.

3. _____ Si uno quebranta (*break*) la ley, puede perder a los hijos.

4. _____ Para los hispanos, la crianza de los niños es asunto del gobierno.

Parte B: Ahora para la grabación e imagina que eres un o una asistente social. Escribe dos sugerencias para padres de familia sobre cómo pueden castigar a un niño. Usa expresiones como: **les recomiendo que, les sugiero que, les aconsejo que.**

1. _____

_____

2. _____

_____

Actividad 2: Comentario de una película.

Parte A: Mientras escuchas el comentario de la película *My family / Mi familia,* coloca la letra de la acción al lado de la persona a quien se refiere.

1. _____ José Sánchez

2. _____ Chucho Sánchez

3. _____ Jimmy Sánchez

a. Se casó con una mujer para salvarla de los escuadrones de la muerte (*death squads*).

b. Se rebela contra las tradiciones mexicanas.

c. Vino de México en los años 20.

Parte B: Ahora escucha el comentario de la película otra vez para completar las oraciones que aparecen en el manual de laboratorio.

1. La película narra la historia de _____

_____ .

2. La historia tiene lugar en _____ . (*ciudad*)

3. El director Gregory Nava también filmó las películas _____

_____ .

Actividad 3: Un anuncio comercial.

Parte A: Vas a escuchar un anuncio comercial sobre entrevistas que se harán la semana próxima a tres hispanas famosas en los Estados Unidos: Rita Moreno, Rebecca Lobo y Gloria Estefan. Antes de escuchar el anuncio, para la grabación y marca en la primera columna de cada nombre la nacionalidad y lo que crees que hizo o hace cada mujer.

	Moreno		Lobo		Estefan	
1. Es cubana.	☐	☐	☐	☐	☐	☐
2. Es puertorriqueña.	☐	☐	☐	☐	☐	☐
3. Es norteamericana de ascendencia cubana.	☐	☐	☐	☐	☐	☐
4. Actuó en *El show de los muppets* y en *Los archivos de Rockford*.	☐	☐	☐	☐	☐	☐
5. Cantó con el Miami Sound Machine.	☐	☐	☐	☐	☐	☐
6. Ganó un Grammy con la canción "Mi tierra".	☐	☐	☐	☐	☐	☐
7. Era basquetbolista.	☐	☐	☐	☐	☐	☐
8. Ganó dos Emmys, un Oscar, un Tony y un Grammy.	☐	☐	☐	☐	☐	☐
9. Escribió con su madre un libro sobre el cáncer.	☐	☐	☐	☐	☐	☐

Parte B: Ahora escucha el anuncio y confirma o corrige la información sobre cada mujer en la segunda columna de cada nombre de la Parte A.

Actividad 4: La educación bilingüe.

Parte A: Una pareja habla sobre la educación bilingüe en los Estados Unidos. Escucha la conversación y completa la información que aparece en el manual.

1. Hoy día los hijos de los inmigrantes alemanes e italianos (marca una)

    a. ☐ no les prestan atención a sus raíces.

    b. ☐ visitan parientes en Alemania e Italia.

    c. ☐ hablan alemán e italiano con sus parientes.

    d. ☐ estudian alemán e italiano en la universidad.

2. A los Estados Unidos les conviene tener personas bilingües para (marca una)

    a. ☐ gastar menos dinero en traductores.

    b. ☐ comerciar (*do business*) con el mundo.

    c. ☐ que haya una gran variedad de culturas.

    d. ☐ que la gente de diferentes culturas se entienda entre sí.

3. Las personas que hablan inglés en la casa lo estudian _____ años en la escuela.

Parte B: Ahora para la grabación y marca con cuál de las siguientes ideas estás de acuerdo.

1. ☐ A los estudiantes de otros países hay que enseñarles en la escuela solamente inglés. Pueden aprender su propio idioma en casa.

2. ☐ A los estudiantes de otros países hay que enseñarles en la escuela tanto inglés como su propio idioma.

3. ☐ A los estudiantes de otros países hay que enseñarles en la escuela su propio idioma solamente.

Éste es el final del programa de laboratorio para el Capítulo 12. Ahora vas a escuchar el poema que escuchaste en clase. Mientras escuchas, puedes mirar el guion que está en el apéndice del manual.

Scripts of Textbook Listening Selections

Capítulo preliminar
Una conversación en la facultad

Ramón	¿Y cómo te va en la facultad?
Mónica	¡Ay! ¿No te dije? Creo que voy a cambiar de carrera.
Ramón	**¿En serio?** ¿Qué pasa? ¿No... no te gusta la medicina?
Mónica	No, creo que la medicina no es para mí.
Ramón	**¡No me digas!**
Mónica	Sí, hace un año que... que estoy en medicina y la verdad es... no sé... creo que no me gusta. Tengo materias que no me interesan... y no sé. Me parece que estoy perdiendo el tiempo.
Ramón	¿Y... qué vas a hacer?
Mónica	Mira. La opción que estoy considerando es estudiar derecho.
Ramón	**¡No me digas!** ¿Derecho? ¿Abogada, tú?
Mónica	Sí, sí, ¿por qué no? Me interesa mucho el derecho constitucional. Creo que es una carrera donde tengo más posibilidades. En este país hay tantos médicos que para... encontrar trabajo, pues es casi... casi imposible.
Ramón	Sí, la verdad es que no se necesitan mas médicos en las grandes ciudades y yo no quiero vivir en un pueblo. Pero, dime una cosa, y en la facultad de derecho, ¿te revalidan algunas de las materias de medicina?
Mónica	No, no me revalidan nada. Ninguna de las materias que hice. Cero. Ni una. Tomé ocho materias: biología, anatomía y seis más, y no me revalidan ninguna. Es una lástima.
Ramón	**¿En serio?** ¡Qué suerte tienes!
Mónica	Sí, pero ¿qué puedo hacer? Tendré que **volver a empezar de cero.** Por suerte, por suerte, sólo he estado en medicina un año y no dos o tres años. ¿Te imaginas?
Ramón	No, de verdad que no me lo imagino. Demasiado trabajo para mí. Y dime, ¿a qué edad vas a terminar la carrera?
Mónica	Pues... tengo diecinueve... y se necesitan cinco años, así que a los... a los veinticuatro me recibo de abogada. ¿Qué crees? Y eso sí, esta vez no vuelvo a cambiar de carrera.
Ramón	Estás segura, ¿no? Quiero tener una amiga abogada... puedo necesitar tu ayuda en cualquier momento. Pero bueno, mucha suerte.
Mónica	Órale, pues.

Capítulo 1
Una cuestión de identidad

Pedro	Discúlpame, Silvia. Te quería hacer una pregunta.
Silvia	Sí, dime.

Pedro	**Hace una hora que estoy** completando una solicitud para entrar a una universidad de California y **me llama la atención** la cantidad de categorías que hay: *Chicano/ Mexican American, Latino, Latin American, Puerto Rican, Other Hispanic...* **Son unos pesados.** Esto es una ensalada de palabras. ¿Quién es qué? Dime, ¿quién es el "Mexican American"?
Silvia	Bueno, el mexicoamericano es el ciudadano de los Estados Unidos que es descendiente de mexicanos, es decir, que sus padres o abuelos o bisabuelos eran mexicanos, y que se identifica con la cultura mexicana.
Pedro	¡Ah! O sea, que el mexicoamericano es ciudadano de los Estados Unidos, pero habla español.
Silvia	Algunos hablan sólo inglés y otros hablan inglés y español.
Pedro	Y el chicano, ¿quién es el chicano?
Silvia	Bueno, chicano es una palabra que usan algunos mexicoamericanos para referirse a sí mismos, es decir, a gente de ascendencia mexicana, pero creo, creo que la palabra tiene una connotación política.
Pedro	Política, ¿eh? Pues, entonces yo, ¿qué marco en esta solicitud?
Silvia	Marca "Latin American".
Pedro	Sí, ya sé que soy latinoamericano porque soy de Latinoamérica, pero latinoamericano también incluye a los brasileños porque ellos hablan portugués y el portugués es una lengua latina. Pues, yo quisiera poner chileno, pero marco "Latin American" y listo.
Silvia	Y ¿sabes? Ya vas a aprender más cuando estés allí. Vas a ver que en la universidad no sólo asistes a clase; también participas en otras actividades como jugar al fútbol, cantar en el coro.
Pedro	¿Qué dices? ¿Cantar?
Silvia	Sí, allí no es como aquí que cuando sales de clase tomas el autobús y te vas a tu casa.
Pedro	O te vas a un bar a tomar algo con tus amigos... o adonde sea...
Silvia	Exacto. Pero en cambio en los Estados Unidos, como todas las facultades están juntas en la ciudad universitaria, o el "campus", como se dice allí, hay muchas cosas para hacer. Es muy divertido porque generalmente te quedas en el "campus".
Pedro	El "campus", ¿eh? No veo la hora de estar allí. Me parece que lo voy a pasar muy bien.

Capítulo 2
Un anuncio histórico

Radio	Enrique Igles...
Hombre	No, por favor.
Mujer	Ponlo en el noventa y ocho. Siempre ponen música buena.
Anuncio	En el año 711 los musulmanes, o moros, como los llamaban aquí en España, invadieron la Península Ibérica para llevar la palabra del Corán. 711, **año clave** en la historia de España.

Entre 1252 y 1284, con el rey Alfonso X, o Alfonso el Sabio, cristianos, moros y judíos pudieron explorar juntos la filosofía y las ciencias. 1252 a 1284, años clave.

En 1492 los Reyes Católicos, Fernando e Isabel, expulsaron a los moros de España y Cristóbal Colón llegó a América y empezó entonces la colonización de ese continente. 1492, año clave.

1898 España perdió sus últimas colonias: Cuba, Puerto Rico, Guam y las Islas Filipinas. 1898, año clave.

1936 La guerra civil española empezó y duró tres años. 1936, año clave.

1975 Después de casi 40 años de dictadura, Francisco Franco murió y se instituyó una monarquía parlamentaria. 1975, año clave.

Compren la serie de libros *Años clave en la historia de España*. El primer libro estará a la venta en todos los quioscos **el próximo lunes.** Una colección esencial para su biblioteca. El primer libro *De Altamira hasta los romanos,* **el lunes,** en su quiosco y todos **los lunes,** un nuevo libro de la serie *Años clave en la historia de España.*

Presentador ¡Ahora, lo que vosotros queréis, lo que vosotros esperáis, vosotros sabéis quiénes son...!

Capítulo 3
La leyenda del maíz

Bueno, hoy les voy a contar una historia, una leyenda, que es la leyenda del maíz. Es una leyenda tolteca. Los toltecas vivían en lo que hoy día es México. Bueno, **había una vez** en el cielo dos dioses, el Dios Sol y la Diosa Tierra, que tenían muchos hijos. Un día, uno de los hijos, que se llamaba Quetzalcóatl, les dijo a sus padres que quería ir a vivir a la Tierra y sus padres le dijeron que sí. Así que, con el permiso de sus padres, Quetzalcóatl bajó a vivir a la tierra con los toltecas.

Los toltecas eran muy, muy pobres y, entonces, todas las noches Quetzalcóatl iba a una montaña y les pedía ayuda a sus padres, el Dios Sol y la Diosa Tierra. Y sus padres le enseñaron a obtener el oro, la plata, la esmeralda y el coral. Y con todo esto Quetzalcóatl construyó cuatro casas de coral con oro, plata y esmeraldas. Y entonces los toltecas ahora eran ricos, pero para Quetzalcóatl esto no era suficiente porque él quería algo más, algo útil para los toltecas; él quería darles algo para su futuro.

Una noche, Quetzalcóatl fue a la montaña a pedirles inspiración a sus padres, los dioses. Pero se quedó dormido y comenzó a soñar. Y en el sueño vio una montaña cubierta de muchas flores y, de repente, vio hormigas, muchas hormigas y pronto vio un hormiguero. En ese hormiguero entraban y salían muchas hormigas que llevaban algo, pero Quetzalcóatl no podía ver qué era.

Y ahí Quetzalcóatl se despertó y misteriosamente empezó a caminar hasta que llegó a una montaña preciosa cubierta de flores y allí **¿a que no saben** lo que vio? Sí, vio el mismo hormiguero que había visto en su sueño. No lo podía creer.

Y entonces como él era tan grande y la entrada del hormiguero era tan pequeña, les pidió a los dioses que lo convirtieran en hormiga para poder entrar en el hormiguero. Los dioses lo escucharon y lo convirtieron en hormiga y así Quetzalcóatl pudo entrar en el hormiguero y allí encontró el tesoro de las hormigas. ¿Cuál era el tesoro? ¿Qué era esta cosa tan valiosa? Eran cuatro granitos blancos. Quetzalcóatl tomó los cuatro granitos blancos y volvió a su pueblo pero no se los mostró a nadie. Los escondió muy, muy bien. ¿Dónde los puso para esconderlos? Los puso en la tierra.

No saben la sorpresa que se llevó una mañana **cuando** salió de su casa y vio unas plantas doradas, divinas, con hojas grandes y en el centro un fruto delicioso. Los dioses le habían dado algo más importante que el oro, la plata, el coral y la esmeralda. Le habían dado una planta. Sí, una planta: el maíz. Un cereal divino para la vida de los toltecas. Y colorín, colorado esta leyenda ha terminado.*

Capítulo 4
Entrevista a un artista cubano

Entrevistadora	Bueno, Alex, primero quería preguntarte sobre el origen de tu familia.
Alex	Pues como muchos cubanos, mi familia es de origen africano y de origen español. **Por parte de mi madre,** soy de origen español y soy africano por el lado de mi padre.
Entrevistadora	¿Y qué sabes de tu familia que llegó a Cuba?
Alex	Pues, que el padre de mi abuela, es decir que mi bisabuelo era español, pero **por parte de mi padre** se remonta más atrás en la historia. No sé mucho, pero es algo que me gustaría investigar ya que existen archivos muy buenos en Trinidad sobre los esclavos que llegaron y sé que mis antepasados llegaron primero a Trinidad y luego fueron a Cuba.
Entrevistadora	Ojalá que encuentres información; pero dime, si piensas en la influencia africana que ves a tu alrededor en Cuba, ¿qué influencias africanas podrías identificar?
Alex	Bueno, obviamente se ve mucho en la música. Mira, uno de los instrumentos que sigue siendo popular hoy día es un tambor que se llama batá. La influencia africana también está en el baile y en la comida, pero en la comida hoy día está muy camuflada con la influencia española.
Entrevistadora	¿Camuflada?
Alex	Sí, yo no te sé decir, por ejemplo, qué comida es típicamente africana porque ya está todo mezclado con lo español.
Entrevistadora	Y **a pesar de que** está todo mezclado, en tu opinión, ¿existe la discriminación en la sociedad cubana?
Alex	Pues, sí y no. El racismo en Cuba se ha convertido en algo que es tan parte de la vida normal que a veces la gente no se da cuenta, pero existe.

---

*Legend based on Otilia Meza, "La leyenda del maíz," *Leyendas del antiguo México: Mitología prehispánica* (México, D.F.: Edamex, 1985).

Entrevistadora	¿Me podrías dar un ejemplo?
Alex	Ah, sí, pues, por ejemplo, yo que soy de piel oscura, a veces estoy hablando con un cubano y si tenemos una conversación muy intelectual, esa persona a veces me dice "Pero, chico, tú no eres negro, eres blanco" como diciendo si eres inteligente, no puedes ser negro.
Entrevistadora	¿De veras?
Alex	Sí, y la gente lo dice sin darse cuenta de lo que dice.
Entrevistadora	Y en cuanto al tema de las parejas, ¿se mezclan?
Alex	Sí, sí. Tú sabes que **a la hora de formar** pareja no se piensa en el color. Reconocemos que al final tú eres cubano y yo también, y somos todos iguales. Los matrimonios entre negros y blancos son muy comunes.
Entrevistadora	Es decir que con el tiempo es posible que desaparezca esa discriminación.
Alex	Sí, pero mira, yo te puedo seguir contando por horas y horas, pero para entender mejor la situación, te recomiendo que visites Cuba. Y es una buena idea que te quedes en una casa de familia para poder entender mejor cómo somos los cubanos. Es que las familias cubanas...

Capítulo 5
En esta mesa se habla español

Mujer	Sabes que me encanta este restaurante cubano, es que siempre...
Mesero	Aquí está su comida. A ver, ¿quién pidió moros y cristianos?
Hombre	¿Los moros y cristianos? ... Ah, son para mi esposa.
Mesero	Bien. Y la ropa vieja, ¿para quién es?
Hombre	La ropa vieja para mí.
Niño	The chicken with fried plantains is for me.
Hombre	No, niño. En español, vamos, habla español.
Niño	But, papi...
Hombre	Nada de peros. Es importante que seas bilingüe y si no hablas español...
Niño	Bueno, bueno. Mesero, el pollo con plátano frito es para mí.
Mujer	Chévere.
Mesero	Buen provecho.
Hombre/Mujer	Gracias.
Hombre	Hmmmm, me encanta la comida cubana. ¡Qué sabrosa!
Niño	Mami, mira a ese señor bailando el chachachá.
Mujer	Pero ese señor no baila, ése mata cucarachas.
Hombre	Tu abuelo sí que sabía bailar el chachachá... era el mejor que había.
Mujer	Oye, Miguelito, quiero que te comas todo el plátano que tienes en el plato. ¿Me entiendes?

Niño	¿Comérmelo todo? Pero papi, no tengo mucha hambre.
Mujer	Déjame probar un poquito. Hmmmm, ¡este plátano está delicioso!
Hombre	Mira, niño, cómetelo todo.
Niño	Bueno, está bien.
Mujer	Y, por favor, put both hands on the table.
Niño	That's English! ¡Papá, mamá está hablando en inglés! ¿Por qué ella sí y yo no?
Mujer	Lo siento, niño. Es verdad, pon las dos manos en la mesa.
Hombre	¿Y saben dónde se encontraron los primeros plátanos?
Mujer	En Cuba, por supuesto.
Hombre	No, en Cuba no. El plátano se originó en Asia. **¿Acaso no sabías?**
Mujer	¡En Asia! ¡Por favor! Miguelito, las dos manos en la mesa, ¿eh?
Hombre	Pero es la verdad. Te lo digo en serio. Los primeros plátanos se encontraron en Asia y luego se plantaron en las Islas Canarias, que forman parte de España hoy día.
Mujer	¿En las Islas Canarias? ¿Y qué? ¿Entonces los españoles los llevaron de las Canarias al Caribe?
Hombre	Así es. Ellos lo llevaron al Caribe en 1516.
Mujer	Pero qué interesante. No tenía idea.
Niño	Papi, **no tengo ganas de comer** más plátano.
Hombre	Te digo que te comas todo el plátano.
Niño	Bueno, me como uno más si tú dejas de **dar cátedra.** Mi plátano no viene ni de Asia ni de las Islas Canarias. Éste viene de la cocina **y punto.**

Capítulo 6
Nadie está inmune

Marcos	¿Leíste que Sting va a dar un concierto en favor de los derechos humanos?
Antonia	No me digas. Me parece muy bien. Hace muchos años mi tío fue a un concierto que dio Sting en Mendoza en honor de las madres de **los desaparecidos.**
Marcos	¿Sting estuvo en Mendoza?
Antonia	Sí, en 1988 durante la dictadura de Pinochet, por la censura le fue imposible tocar en Chile la canción "Ellas danzan solas", y entonces se fue a Mendoza a tocarla y lo interesante fue que 15.000 chilenos cruzaron la frontera para ir a escucharlo. Mi tío, que estuvo allí, me contó que Sting bailó con las madres en el escenario.
Marcos	Sabía que Sting había escrito para las madres de los desaparecidos la canción "Ellas danzan solas", pero no sabía que... ha que... que había estado en Mendoza.
Antonia	¡Cómo han cambiado las cosas! **Quién diría** que un día aparecería alguien como el español ese... ¿cómo se llama? Ah, sí, sí, Garzón. Aparecería Garzón y entonces Pinochet y otras personas como él sufrirían las consecuencias de sus actos.

Marcos	Todavía no lo puedo creer. Me alegra que Pinochet, que fue responsable de la tortura y desaparición de miles de personas, y que personas como él, no sean inmunes a la justicia internacional. Pero, ¿cómo es la historia con Pinochet y el juez Garzón? Recuerdo que Pinochet estaba en Inglaterra...
Antonia	Pues, sí, Pinochet ya no era dictador de Chile y estaba de visita en Inglaterra cuando el juez Garzón le pidió a Inglaterra su extradición a España. Pinochet decía que tenía inmunidad diplomática, pero ese juez español Garzón demostró que no era así.
Marcos	Sí, pero al final no lo mandaron a España para juzgarlo sino que lo dejaron volver a Chile por problemas de salud, ¿no?
Antonia	Así es, por estar enfermo lo mandaron a Chile, pero creo que la lección más importante del episodio es que ahora ningún gobernante va a pensar que puede hacer algo tan terrible como lo que ocurrió en nuestro país y **salirse con la suya** porque tarde o temprano le llegará su castigo.
Marcos	Pero, lo que no recuerdo es cómo es posible que un juez español pueda juzgar a un chileno en otro país.
Antonia	Bueno, es que el gobierno chileno no escuchó los reclamos de los familiares de los desaparecidos y, como algunos desaparecidos eran de ascendencia española, fueron a hacer el reclamo al gobierno español.
Marcos	Ah sí, ahora recuerdo, si las víctimas son de ascendencia española, los criminales pueden ser juzgados en territorio español, ¿verdad?
Antonia	Así es. Te digo que no es justo que llegue un gobernante y crea que puede hacer lo que quiere —matar a gente que no está de acuerdo con él— y que luego no se haga responsable de sus actos. Y los chilenos no somos los únicos. Esto ha pasado en otros países también... y no sólo de Latinoamérica.
Marcos	Sí, sí, ya sé. Pero no hay duda que, después de muchos años, la situación política de los países latinoamericanos está ahora mucho más estable.

Capítulo 7
Unas vacaciones diferentes

Pablo	¿Y adónde vas a ir de vacaciones este verano?
María José	Mm... ¿Sabes que no sé? La verdad es que no tengo ni idea qué quiero hacer este verano.
Pablo	Pues, mujer, es lógico que no tengas idea. Has estado en tantos lugares que ya no te queda nada por conocer.
María José	Bueno, no exageres. Es verdad que conozco un montón de sitios, pero todavía me queda mucho, mucho por conocer. Pero mm... quiero que... estas vacaciones sean, no sé, diferentes.
Pablo	¿Diferentes? ¿Diferentes en qué sentido?
María José	Mm... no sé. Diferentes. Necesito ir a un lugar que sea tranquilo, donde no tenga que visitar catedrales, ni museos ni ruinas.

Pablo	O sea, quieres unas vacaciones tranquilas, tranquilas. Y bueno. Entonces vete a un lugar que tenga playa.
María José	¿A la playa? No, no quiero ir a la playa. El verano pasado estuve en Huatulco en México, que es un lugar con playa, pero este verano busco un lugar donde haya más actividad, ¿me entiendes?
Pablo	Más actividad, ¿eh? Pero no quieres visitar catedrales o museos.
María José	No, esta vez no. ¡No quiero visitar ninguna catedral!
Pablo	¡Ah! ¿Sabes qué? **¡Ya sé!** Un amigo mío acaba de regresar de unas vacaciones en Ecuador.
María José	¿Ecuador? Mm... cuéntame, me interesa.
Pablo	Bueno, resulta que hay una comunidad de... una comunidad de indígenas quichuas en un pueblito llamado Capirona.
María José	Y, ¿qué voy a hacer yo en una comunidad de indígenas quichuas?
Pablo	Bueno. Pues, mira. Espera que te cuente. Parece que los quichuas organizan un programa de ecoturismo en su pueblo.
María José	¿En serio? ¿Ecoturismo? ¿Y sabes en qué consiste el programa?
Pablo	Creo que... creo que ellos organizan caminatas por la selva; y me parece que hacen demostraciones de cómo hacen sus canastos... y también se puede participar en una eh... en una minga.
María José	¿Minga? ¿Qué es una minga?
Pablo	No estoy seguro, pero creo que en una minga los visitantes y la gente del lugar trabajan en algún proyecto comunitario o **algo así.**
María José	¿Como por ejemplo?
Pablo	No sé. En realidad no me acuerdo. Pero, ¡ojo! El viaje no es fácil, ¿eh?... Solamente se puede llegar al pueblo en canoa o con una caminata de dos horas.
María José	¡Uf! ¡Qué ejercicio! Me tengo que poner en forma. Pero me parece interesantísimo. Ay, quisiera hablar con tu amigo.
Pablo	Bueno, ¿sabes qué? Si quieres lo llamo y podemos salir a cenar juntos. ¿Te parece bien?
María José	Ay, claro. **Desde luego.** Tengo miles de preguntas para hacerle.

Capítulo 8
Un trabajo en el extranjero

Entrevistador	Hoy voy a entrevistar a dos jóvenes norteamericanos que han trabajado en el exterior para que nos cuenten cómo consiguieron el trabajo. Primero tenemos a Jenny Jacobsen, que estuvo enseñando inglés en España. ¿No es así, Jenny?
Jenny	Así es.
Entrevistador	Cuéntanos cómo hiciste para conseguir ese trabajo.
Jenny	Bueno, yo tenía una maestría en enseñanza de español...

Entrevistador	Ajá...
Jenny	Y... mmmm... mandé mi curriculum a una escuela privada de inglés en Madrid. Tenía algunos amigos americanos en España que trabajaban allí y me habían dado la dirección del lugar.
Entrevistador	Ajá...
Jenny	Entonces, en enero me mandaron una solicitud; la llené y la devolví.
Entrevistador	¿Y tardaron mucho en contestarte?
Jenny	No mucho. Creo que alrededor de mediados de marzo, ellos me entrevistaron en el congreso de TESOL que ese año fue en Chicago.
Entrevistador	¿Qué es el congreso de TESOL?
Jenny	TESOL significa "Teachers of English to Speakers of Other Languages", o "profesores de inglés a hablantes de otros idiomas". Y es un congreso internacional que se hace o en los Estados Unidos o en Canadá y viene gente de todo el mundo para asistir al congreso y entrevistar a candidatos para profesores de inglés.
Entrevistador	Pero, ¡qué interesante! Sigue, por favor.
Jenny	Bueno, me fue muy bien en la entrevista. Entonces a las dos semanas me ofrecieron el puesto e inmediatamente me mandaron los papeles para sacar mi visa.
Entrevistador	Y, ¿es difícil sacar visa para trabajar en España?
Jenny	No es fácil y se necesita tiempo. Luego me fui a Madrid en septiembre y en esa escuela me dieron un entrenamiento de dos semanas para aprender a enseñar inglés.
Entrevistador	Claro. Porque tú sabías enseñar español, pero nunca habías enseñado inglés, ¿verdad?
Jenny	Correcto. Que uno hable inglés no quiere decir que uno sepa enseñarlo.
Entrevistador	Es verdad.
Jenny	Bueno. La experiencia fue realmente interesante. Al estar dando clases de inglés, conocí a mucha gente, me divertí **un montón** y, como puede ver, aprendí bastante español.
Entrevistador	Ya lo creo. Pero dime, ¿y el sueldo? ¿Te alcanzaba para vivir?
Jenny	Sí. Compartía un apartamento con una muchacha de Salamanca y el dinero me alcanzaba lo más bien. Nunca tuve problemas. Pero mucha gente también da clases particulares.
Entrevistador	Y dime. ¿Hay muchos americanos enseñando inglés en España?
Jenny	¡Uf! Sí, hay cantidades.
Entrevistador	Bueno, Jenny. Muchas gracias por haber compartido esta información con nosotros.
Jenny	No. Por nada.
Entrevistador	Y ahora estamos con nuestro segundo invitado de hoy, Jeff Stahley. Buenas tardes, Jeff.
Jeff	Buenas tardes.

Entrevistador	Tú también enseñaste inglés, ¿verdad?
Jeff	Así es, pero no en Madrid como Jenny, sino en Medellín.
Entrevistador	¡Medellín, Colombia! ¿No era peligroso?
Jeff	**No, en absoluto.** En realidad no tuve ningún problema.
Entrevistador	¿Y cómo hiciste para conseguir el trabajo en Colombia?
Jeff	Bueno, pues yo me fui con visa de turista y una vez que estaba allí, la universidad me dio trabajo para enseñar inglés.
Entrevistador	¿Y cómo te dieron trabajo?
Jeff	Bueno, la universidad quería contratarme y para poder enseñar, yo tenía que ser estudiante. Entonces tomé unos cursitos y así pude enseñar inglés. En vez de pagarme sueldo me dieron una beca. A mí **me daba igual** con tal de recibir dinero. También di clases particulares de inglés.
Entrevistador	¿Y cómo conseguiste los estudiantes para las clases particulares?
Jeff	Bueno, hay tanta gente que quiere aprender inglés con americanos y tan pocos americanos allí que enseguida comencé a tener un montón de clientes.
Entrevistador	¿Y te pagaban bien?
Jeff	¡Uf! No sólo me pagaban bien, sino que como Jenny, conocí a mucha gente que me invitaba a su casa y salíamos juntos, hacíamos muchos programas juntos. En fin, realmente no era turista. Me sentía como en mi casa.
Entrevistador	Y para finalizar. Dime, ¿qué consejos puedes darle a un norteamericano que quiera ir a enseñar inglés?
Jeff	Pues... que tome algún curso corto para aprender a enseñar inglés antes de ir a otro país. Así puede tener muchas más posibilidades de trabajo.
Entrevistador	Bien. Muchas gracias, Jeff, por charlar conmigo.
Jeff	Fue un placer. Gracias.

Capítulo 9
Entrevista a una experta en artesanías

Locutor	Bueno y hoy tenemos una invitada muy especial, María Gómez, oriunda de Ecuador. La Sra. Gómez nos va a hablar de un arte cuya perfección es admirada en todo el mundo: el famoso sombrero panamá. Sra. Gómez, buenos días y bienvenida a nuestro programa.
Sra. Gómez	Muchas gracias a Ud. por invitarme.
Locutor	Pues, cuéntenos un poco sobre los sombreros panamá.
Sra. Gómez	Bueno. Pues... primero, yo quería explicar que estos sombreros tan famosos se hacen en Ecuador y no en Panamá como cree mucha gente.
Locutor	Y entonces, ¿por qué se conocen como sombreros panamá si se hacen en Ecuador?
Sra. Gómez	¡Ja! Ocurre que desde hace tiempo los fabricaban en Ecuador, pero... pero los mandaban al resto del mundo desde Panamá y por eso comenzaron a llamarlos

sombreros panamá. Los usaban personas como... como Teddy Roosevelt y el rey Eduardo VII de Inglaterra y por eso, con el tiempo, se pusieron muy de moda. Pero... recuerde Ud. que los mejores son los llamados Montecristi Finos, que están hechos en Montecristi, Ecuador, donde yo vivo, y no en Panamá.

Locutor	¡Pero qué curioso! Yo pensaba que eran de Panamá.
Sra. Gómez	No, no, no. Los mejores son de mi pueblo, de Montecristi, Ecuador.
Locutor	Bueno y, ¿por qué son tan particulares estos sombreros?
Sra. Gómez	Pues porque los artesanos los hacen a mano con muchísimo cuidado. Usan paja para su fabricación, por supuesto, y... claro, sólo trabajan de noche.
Locutor	¡¿Trabajan de noche?! ¿A qué se debe eso?
Sra. Gómez	Pues por la noche hace más fresco y de día, cuando hace calor, la transpiración del artesano puede echar a perder la paja porque... deja manchas.
Locutor	Y, ¿cuánto tardan en hacer uno de estos sombreros?
Sra. Gómez	Los buenos **les llevan** a los artesanos más o menos... más o menos dos meses, pero un sombrero verdaderamente fino lleva ocho meses.
Locutor	¿Ocho meses? Pero, **¡qué barbaridad!**
Sra. Gómez	Sí, pues el trabajo hay que hacerlo con muchísimo cuidado y sólo quedan muy pocas personas que saben hacer buenos sombreros y todas son muy mayores. Debe haber... más o menos unas veinte personas. Así que dentro de muy pocos años, cuando estas personas ya no estén, no sé quién va a hacer los sombreros.
Locutor	Entonces, probablemente este arte tan maravilloso desaparezca, ¿no?
Sra. Gómez	Así es. Había una artesana que... que quería que su hija y su nieta aprendieran y pues... pues trató de enseñarles una vez, pero mmm... a ellas no les interesó y a ella **se le fueron las ganas de** enseñarles. Ud. ya sabe cómo son los jóvenes.
Locutor	Sí, entiendo. Y... dígame una cosa, ¿cuánto cuesta un sombrero panamá?
Sra. Gómez	Pues, depende. Yo sé que los distribuyen en algunas tiendas de Nueva York y Hawai y allí un sombrero bueno cuesta entre 350 y 750 dólares.
Locutor	¡Dios mío! No son baratos, ¿eh? ¿Y los mejores cuánto cuestan?
Sra. Gómez	Los mejores se venden en unos diez mil dólares.
Locutor	¡Diez mil dólares! Pero, ¡qué **dineral**!
Sra. Gómez	Sí, pero hay gente que aprecia la calidad del sombrero... que tiene el dinero y que paga... que paga ese precio. Por supuesto que los artesanos no ganan ni la mitad de eso. Pues Ud. sabe, hay muchos intermediarios; eh... el sombrero pasa por muchas manos hasta que llega al cliente y... y todos quieren sacar provecho del negocio.
Locutor	Pero, de todas maneras, ¡es increíble!
Sra. Gómez	Así es. ¡Es increíble!
Locutor	Bueno, Sra. Gómez, se nos acabó el tiempo. Muchas gracias por venir a nuestro programa y compartir con nosotros esta información tan interesante.
Sra. Gómez	De nada.*

---

* Some data taken from Harry Rosenholtz, "On Top," *Cigar Aficionado,* vol. 1, no. 4 (New York: M. Shanken Communication, 1993).

Capítulo 10
¡Que vivan los novios!

Locutora Queridos radioescuchas. Uds. han sintonizado KPGK, Radio Los Ángeles. Aquí les habla Dolores Alonso y bienvenidos a mi programa *Charlando con Dolores*. ¿Cómo están hoy? Quería comentarles que... que la semana pasada no estuve con Uds. porque fui a la boda de unos amigos. Y mientras estaba en la ceremonia, comencé a pensar en... en lo diferentes que son las bodas y las fiestas en otros países. ¿No creen? Pues... ése será el tema de hoy y... quisiera pedirles que nos llamen para contarnos cuáles son las tradiciones típicas de una boda en su país, señor, en su país, señora. ¿Qué les parece? Entonces, estamos a la espera de su llamada. Llámenos al 443-33-32. Sí, al 443-33-32. Aquí vamos con la primera llamada. Adelante por favor, díganos su nombre.

Susana Sí, me llamo Susana y soy de Argentina. Voy a casarme dentro de seis meses.

Locutora Felicitaciones, Susana.

Susana Gracias, y en mi boda habrá un pastel, por supuesto, y este pastel tendrá muchas cintas.

Locutora ¿Cintas en el pastel?

Susana Sí, tendrá como... como veinte cintas, más o menos. Las cintas tienen un dije cada una, o sea un adorno eh... una figurita de plástico que puede ser un elefante.., una casa... una moneda.

Locutora ¿Es decir que el dije está dentro del pastel y sólo se ve la cinta?

Susana Así es. Entonces, todas las mujeres solteras... sólo las solteras, tomarán una cinta y estarán todas alrededor del pastel y cuando, y cuando yo diga ¡Ya! todas tirarán de la cinta y una de las cintas tendrá un anillo de boda... falso, de juguete, por supuesto. Y la que se saque el anillo es la que se casará el año que viene.

Locutora O sea, la persona que tiene la cinta con el anillo es la que se va a casar el año próximo.

Susana Sí.

Locutora Curioso. Es como coger el ramo de flores en este país. Pero, ¡qué bonita tradición! **¿No les parece?** ¿Y te vas a casar en los Estados Unidos?

Susana No, no, me voy a Argentina. Y primero está el casamiento por lo civil y dos días más tarde la... la ceremonia en la iglesia. Allá la ceremonia religiosa empieza a eso de las ocho, nueve, nueve y media de la noche. Y luego a la fiesta. ¡Es tan divertida! Comemos, bailamos hasta las seis de la mañana y generalmente después se les... se les sirve el desayuno a los invitados.

Locutora ¡El desayuno!

Susana Sí, café con medialunas o algo por el estilo.

Locutora ¡Desayuno después de la boda! ¡Qué increíble! Bueno... bien, Susana. Mucha suerte en tu boda. Y ahora, a otra llamada. Adelante, por favor.

Agustín Sí, me llamo Agustín y soy de México. Quería decirle que... que soy de un pueblo muy pequeño donde... donde hay gente que no tiene mucho dinero para gastar en una boda como la gente que vive en las ciudades que... que tiene dinero para todo. Las bodas son acontecimientos, son acontecimientos... ¿cómo le podría decir?... Son... son muy importantes en mi pueblo y para nosotros **mientras más vengan** a la boda, **mejor.** Invitamos a mucha, mucha gente, no sólo a nuestros **amigos íntimos,** ¿ve? Invitamos a amigos... primos... vecinos... Y algunas... algunas personas llevan la comida, otros llevan la bebida, otros llevan las mesas, otros las sillas...

Locutora   Es decir que para muchos ese día es muy especial.

Agustín   Sí, sí, muchos colaboran y hay mucha abundancia de comida y de bebida. Ayudándonos unos a otros, no nos falta nada en absoluto.

Locutora   Este espíritu de comunidad es admirable. Gracias por su llamada. Y ahora, estimados radioescuchas, nos vamos a una pausa. Regresamos enseguida.

Capítulo 11
¿Coca o cocaína?

Entrevistador   Como boliviano, ¿nos podría explicar la diferencia entre la coca y la cocaína?

Boliviano   Bueno la coca es una... es una hierba, una planta, como es una planta el café, como es una planta el té. La cocaína es la droga que a través de un proceso, a través de un proceso químico se extrae, se saca de la coca. La cocaína es como la cafeína es al café o cualquier droga que se saca de un elemento natural, de una cosa natural. Ehhh... La diferencia es grande, es decir, la coca es una hoja verde que la mastican muchos habitantes de los países andinos, es decir Perú, Ecuador, Bolivia... mastican la coca como ehhh... en Estados Unidos hay gente que mastica tabaco, y es como tomar un café fuerte. Más o menos. Por otro lado, está la cocaína, que es un derivado químico de la coca. Que... bueno... Ésta es la parte ilegal. Es decir, por un lado hay que distinguir el uso tradicional, legal y correcto de la coca y por el otro el uso ilegal de la cocaína, que es un derivado de la coca. Eh... la coca como, como hierba, como planta o como el café o el té, como cualquier otro tipo de planta parecida, es consumida en los países andinos sin ningún tipo de restricción legal. Uno puede ir a un mercado y comprarse medio kilo de coca, por ejemplo, y consumirla. El consumo, en general está concentrado en las clases trabajadoras, que necesitan ese tipo de acompañante para aguantar jornadas de trabajo muy largas, jornadas continuas de trabajo sin dormir, etc. También es usada la coca, digo, entre, por ejemplo, estudiantes de la clase media... yo incluso como estudiante cuando tenía que escribir un trabajo muy largo, y tenía que trasnochar... quedarme despierto hasta muy tarde..., masticaba coca en vez de tomar tres cafés fuertes... masticaba coca o tomaba tres cafés fuertes... es una elección como cualquier otra hierba.

Entrevistador   También es común que los turistas tomen coca, ¿verdad?

Boliviano   Algunas ciudades andinas eh... al sur del Perú, pero sobre todo la capital de Bolivia, este... son muy altas. Es decir, La Paz queda a 3.800 metros sobre el nivel del mar y el aeropuerto de La Paz, una ciudad tan alta, queda más alto inclusive, 4.100 metros del nivel del mar. Entonces cualquier turista o persona que no está acostumbrada a esa altura cuando llega sufre una especie de mal que se llama soroche, que quiere decir, literalmente... es una palabra que quiere decir mal de la altura. Que es una especie de indisposición con dolor de cabeza, etcétera; depende eh... para... y esto dura... algunas personas no lo sufren, pero las personas que sí lo sufren cuando llegan a La Paz, eh... eso les dura como dos o tres días. Pero una de las formas de... de aliviar rápidamente este soroche, o mal de la altura, es tomar mate de coca y todo el mundo lo hace... es decir, todo el mundo lo recomienda. Es un mate, como puede ser un té, que consiste en agua hirviendo con unas hojas de coca. Uno toma eso y eso ayuda un poco para que se pase el mal de la altura.

Entrevistador   Claro, y la gente que no entiende muy bien el tema se confunde entre la coca y la cocaína.

Boliviano   Sí. El gobierno ha hecho campañas muy grandes para erradicar las plantaciones ilegales de coca, las plantaciones que se utilizan para la elaboración de la cocaína. Pero recuerde, la coca no es cocaína. Una vez, cuando la reina Sofía de España estuvo de visita por La Paz, como cualquier otro turista extranjero, tomó mate de coca. Y lo hizo **a propósito** diciendo que sabemos que esto no es una droga tal como se **pretende** convencer a la gente y entonces tomó un mate de coca porque estaba sufriendo soroche, mal de la altura, como todo extranjero que llega. Creo que **para dentro de diez años** el mundo ya habrá entendido la diferencia entre uno y otro.

Capítulo 12
Un poema

Locutora   Buenas tardes, estimados radioescuchas. Estamos aquí hoy con otra edición del programa "Quiénes somos y hacia dónde vamos". Y para empezar el programa de hoy, quiero leerles un poema, un poema muy interesante que me mandó el hijo de una poeta. La autora es Raquel Valle Sentíes y el poema se llama "Soy Como Soy Y Qué". Comienzo.

Soy flor injertada que no pegó.
Soy mexicana sin serlo.
Soy americana sin sentirlo.
La música de mi pueblo,
la que me llena,
los huapangos, las rancheras,
el himno nacional mexicano,
hace que se me enchine el cuero,
que se me haga un nudo en la garganta,
que bailen mis pies al compás,
pero siento como quien se pone
sombrero ajeno.

Los mexicanos me miran como diciendo
¡Tú, no eres mexicana!
El himno nacional de Estados Unidos
también hace
que se me enchine el cuero,
que se me haga un nudo
en la garganta.
Los gringos me miran
como diciendo,
¡Tú no eres americana!
Se me arruga el alma.
En mí no caben dos patrias
como no cabrían dos amores.
Desgraciadamente,
no me siento ni de aquí
ni de allá.

Ni suficientemente mexicana.
Ni suficientemente americana.
Tendré que decir
Soy de la frontera.
De Laredo.
De un mundo extraño
ni mexicano,
ni americano.
Donde al caer la tarde
el olor a fajitas asadas con mesquite,
hace que se le haga a uno agua la boca.
Donde en el cumpleaños
lo mismo cantamos
el *Happy Birthday* que las mañanitas.
Donde festejamos en grande
el nacimiento de Jorge Washington
¿quién sabe por qué?
Donde a los foráneos
les entra *culture shock*
cuando pisan Laredo
y podrán vivir cincuenta años
aquí y seguirán siendo
foráneos.
Donde en muchos lugares
la bandera verde, blanca y colorada
vuela orgullosamente
al lado de la *red, white and blue*.

Soy como el Río Grande,
una vez parte de México,

desplazada.
Soy como un títere
jalado por los hilos de dos culturas
que chocan entre sí.
Soy la mestiza,
la pocha,
la *Tex-Mex,* la *Mexican-American,*
la *hyphenated,*
la que sufre
por no tener identidad propia
y lucha por encontrarla,
la que ya no quiere cerrar los ojos
a una realidad que golpea,
que hiere
la que no quiere andarse con tiento,
la que en Veracruz
defendía a Estados Unidos
con uñas y dientes.
La que en Laredo
defiende a México
con uñas y dientes.
Soy la contradicción andando.

En fin, como Laredo,
soy como soy y qué.

Y, ¿amigos? ¿les gustó? Llamen al programa para dar su opinión. Quiero que me digan lo que piensan. El teléfono es 888-956-1221.